СУПЕРГЕРОЙ E-Z ДИККЕНС КНИГА ЧЕТВЕРТАЯ:

ON ICE (НА ЛЕД)

Cathy McGough

Stratford Living Publishing

Оглавление

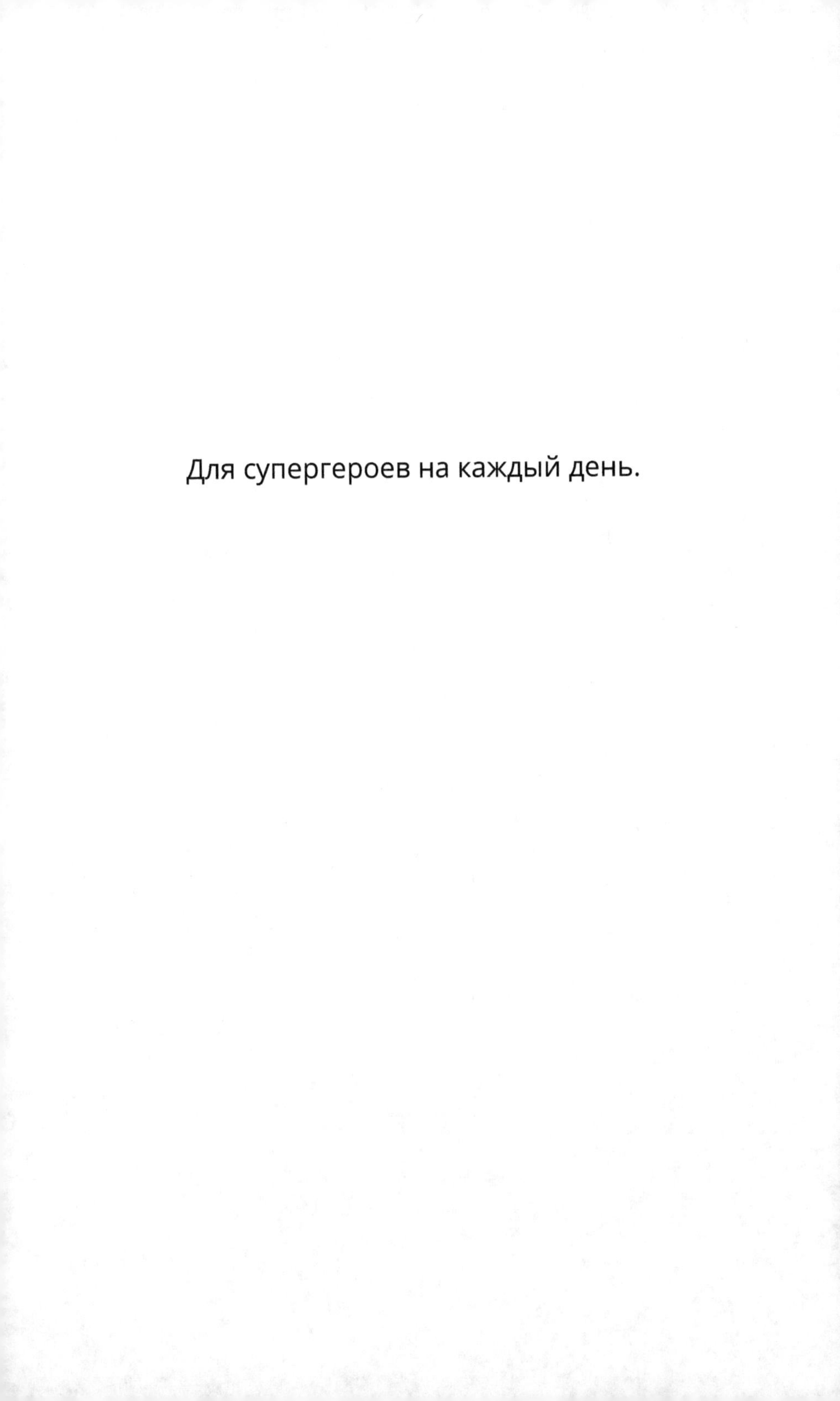

Для супергероев на каждый день.

"Ты просто не можешь победить человека, который никогда не сдается".

Babe Ruth

ПРОЛОГ

Следующий день был учебным, но из-за надвигающегося конца света ни И-Зи, ни Лия не собирались идти.

"У меня очень плохое предчувствие", - сказала Лия.

Наступило время завтрака, и они с И-Зи остались одни. Сэм и Саманта еще спали, как и близнецы Джек и Джилл.

"Что за плохое предчувствие?" - спросил он, ложкой отправляя в рот еще больше хлопьев.

"Помнишь, вчера вечером мне показалось, что я что-то услышал?"

"Да, но ты сказал, что это была ложная тревога. Что звуки ушли, и все вернулось на круги своя".

"И прошло, и не прошло. Это сложно объяснить. Я слышал, как Розали звала меня, потом она остановилась. Больше она не пыталась, и я подумал, что все в порядке. Но теперь я волнуюсь, потому что пытался дозвониться до нее и не смог. Она не ответила ни на одно из моих сообщений. Думаю, надо пойти и проверить, как она там. Просто на всякий случай. Мне будет легче от того, что я буду знать. Иначе я не смогу ничего сделать сегодня".

"Может, она спит дома? Или у нее села батарейка в телефоне". Он допил свой стакан апельсинового сока и отступил от стола. Посуду он положил в посудомоечную машину.

"Может быть. Но я все равно хотел бы ее увидеть".

"Давай навестим ее, чтобы ты успокоился", - сказал он, вызывая такси. "Надеюсь, они нас пустят. В конце концов, мы не родственники".

Они доехали до другого конца города и спросили о Розали на стойке регистрации. Женщина спросила: "Вы двое - родственники?". Оба ответили, что нет. "Присаживайтесь, пожалуйста", - сказала она.

"Вот видишь", - прошептала Лия. "Она выглядела хитрой. Как будто она что-то скрывает".

"Да, я тоже это заметила. Но, может быть, нам это кажется, потому что мы волнуемся за Розали. Все, что мы можем сделать, - это ждать и стараться не отвлекаться. Мы здесь и не сдвинемся с места, пока не увидим, что с ней все в порядке".

Прошло тридцать минут, а они все еще ждали. И становились все более беспокойными по мере того, как время шло.

Лия встала. "Я больше не могу ждать".

E-Z сказал: "Вау! Подожди минутку". Она снова села на место. "Давай дадим им еще тридцать минут, прежде чем набросимся на них со всей силы".

"Что значит "впадать в запой"?" спросила Лия.

"О, я все время забываю, что ты не отсюда. Это значит наброситься на что-то со всей дури. В качестве последнего средства. Это, конечно, фигура речи. Хотя некоторые почтовые работники воспринимают его буквально".

"Держу пари, если бы мы были взрослыми, они бы уже поговорили с нами. Иногда я ненавижу быть ребенком".

"В этом есть свои преимущества", - сказал E-Z. "Попробуй поиграть в игру на телефоне или почитать книгу. Это поможет скоротать время, и они будут более полезны нам, если мы будем терпеливы".

"Жаль, что я не взял с собой наушники. Я бы мог послушать новые треки Тейлор Свифт".

"Вот", - сказал он. "Можешь одолжить мои".

Прошло еще тридцать минут, и E-Z спокойно вернулся к прилавку. Лия осталась позади, слушая музыку. Он оглянулся. У нее были закрыты глаза. Она даже не заметила его отсутствия.

"Э-э, что-нибудь слышно о том, когда мы сможем увидеть Розали?" - спросил он.

"Извини, кто-то выходит к тебе. Она знает, что ты здесь и ждешь". Женщина щелкнула по клавиатуре. Когда E-Z не сдвинулся с места, она предприняла вторую попытку побудить его к этому. "Я лично говорила с менеджером. Она выйдет поговорить с тобой, как только сможет. Пожалуйста, присоединяйся к своему другу". Она махнула рукой в сторону Лии, которая была занята своим телефоном.

E-Z с неохотой вернулся к Лии. Он наблюдал за тем, как вокруг мельтешат люди. Некоторые были жителями, толкающими ходунки. Несколько человек были в инвалидных колясках, их толкал обслуживающий персонал, а другие сами крутили колеса. Большинство жителей улыбались в его сторону, некоторые махали руками. Ему было интересно, сколько из них регулярно принимают посетителей. Он надеялся, что большинство.

Когда двери открывались и закрывались, до его ноздрей доносился запах обеда, а в животе урчало. Ему стало интересно, какие деликатесы будут сегодня у жителей. Возможно, рыба с картошкой. А может, небольшой пирог а-ля режим. Он пожалел, что не съел более плотный завтрак, когда Лия вернула ему наушники.

"Удалось ускорить процесс? Я умираю с голоду!"

"Я тоже, но не очень. Она сказала, что менеджер скоро будет с нами, но я не понимаю, почему Розали просто не выйдет и не посмотрит на нас сама. В чем тут дело?"

"Я не чувствую ее присутствия здесь", - сказала Лия. "Как будто нас разъединили. Музыка помогла отвлечься на какое-то время, но теперь я снова думаю о ней и хочу есть. Не самое лучшее сочетание".

"Я тебя понимаю", - сказал E-Z, когда высокая женщина с бейджем генерального менеджера подошла к ним и представилась.

"Меня зовут Элеонора Уилкинсон, и я здесь генеральный менеджер". Она пожала им руки. "Как я понимаю, вы двое дружите с Розали. Вы уже навещали ее здесь раньше?"

"Нет, мы здесь не были", - ответила Лия. "Но мы с ней друзья, близкие друзья. И мы беспокоимся о ней. Она не отвечала на мои сообщения и не брала трубку".

Мисс Уилкинсон ответила: "Мне жаль вам говорить, но Розали умерла где-то ночью. Мы ждем, когда приедут ее ближайшие родственники. Они не живут поблизости.

"Я прошу прощения, что заставил тебя ждать так долго. Но мне нужно было поговорить с ними, прежде чем говорить с тобой. Ты же понимаешь. У нас есть политика, которой нужно следовать".

Лия снова опустилась в кресло и разразилась рыданиями, а И-Зи взял ее руку в свою, и несколько секунд они сидели молча, прежде чем он спросил: "Что с ней случилось?".

"Это расследуется", - ответил Уилкинсон. "Извини, я не могу рассказать тебе больше ничего. Если только ты не член семьи. Сожалею о твоей потере".

"Она значила для меня весь мир", - сказала Лия.

"Как ты с ней познакомился?" спросил Уилкинсон. "Она была замечательной леди. Ее все любили". "Мы познакомились через друга", - солгала Лия.

"Интересно, - сказал Уилкинсон, - учитывая вашу разницу в возрасте".

"Ты имеешь в виду, потому что я ребенок, а она нет? То есть не была", - сердито спросила Лия. Она встала.

"Прости, я не хотела тебя расстраивать. Конечно, многие жители здесь были бы рады иметь друзей, с которыми можно поболтать. Особенно дети с такими интересами, как у тебя, которым они могли бы рассказывать свои живые истории. Так их не забудут после того, как они уйдут".

"Мы всегда будем помнить Розали", - сказал И-Зи.

"Мы можем увидеть ее, чтобы попрощаться?" спросила Лия.

"Боюсь, об этом не может быть и речи. У нас есть свои процедуры. Но если ты оставишь свои данные и номер телефона на стойке, мы сможем тебе позвонить. Чтобы сообщить тебе, когда будет визит и похороны".

И-Зи оставил свой номер телефона на стойке регистрации. Они уже собирались сесть в такси, когда он вспомнил о книге.

"Подожди здесь", - сказал он. "Я сейчас вернусь".

Он подошел к стойке регистрации.

"Мне очень жаль, но мы не можем смириться со смертью нашей подруги Розали. Только если хотя бы один из нас не увидит ее. Мисс Уилкинсон сказала, что мы не можем войти, но не мог бы я просто заглянуть в комнату? Я бы не стал задерживаться. Значит, я могу сказать своему другу, что видел Розали и могу подтвердить, что ее больше нет с нами? Она через многое прошла, потеряв глаза и все такое. Ей будет легче, если она узнает об этом наверняка от того, кого знает и кому доверяет".

"Ах, бедняжка. Я понимаю. Пойдем со мной", - сказала женщина. Оказавшись по другую сторону стола, она попросила коллегу прикрыть ее. "Я сейчас вернусь", - сказала она.

И-Зи последовал за ней вглубь, в самое сердце резиденции для пожилых людей. Здесь было светло, не уныло, как он слышал, в таких домах бывает, но очень тихо. Наверное, потому что все наслаждались обедом в кафетерии. Его желудок снова заурчал.

"Все в столовой", - сказала женщина, словно знала, о чем он думает. "Сегодня день рыбы и картошки с красным желе и топпингом из взбитых сливок на последок. Очень популярное блюдо, на которое все хотят попасть. В любой другой день тебя бы просто не пустили, потому что вокруг было бы слишком много людей".

"Пахнет, конечно, хорошо", - сказал И-Зи. "И спасибо за помощь, я, мы, правда, очень ценим ее".

Она остановилась и потянула дверь на себя.

"Это комната Розали. Я буду ждать здесь. У тебя есть две минуты или меньше, если кто-то меня заметит".

"Еще раз спасибо", - сказал И-Зи, когда дверь за ним захлопнулась. В комнате стоял странный запах, как будто там развели костер. Он оглядел комнату в поисках камер. Насколько он знал, их не было.

Под белой простыней их друг был укрыт с головы до ног. Он подошел ближе, борясь с желанием убежать, но ему нужно было знать наверняка, увидеть все своими глазами. Он откинул простыню и наблюдал, как она падает на пол, словно призрак.

И тут же в ноздри ударил запах. Как от барбекю. Жженой плоти. И он увидел свисающую вниз руку Розали, покрытую ожогами и волдырями. Что с ней случилось? Кто и почему сделал с ней эту ужасную вещь?

Он отодвинул стул и оглядел комнату, которая была безупречна и не имела никаких признаков пожара. Это не могло произойти здесь. Если нет, то где? Неужели ее перевезли в эту комнату уже после?

Женщина за дверью постучала. "Пожалуйста, поторопись!" - сказала она.

Он открыл ящик ее ночного столика. Там лежала книга. Книга, о которой им говорила Розали. Та самая, в которую она записала информацию о других детях.

"Время вышло", - сказала женщина.

И-Зи засунул книгу за спину. Он нажал на кнопку, чтобы дверь открылась, и они вернулись к стойке регистрации.

"Спасибо", - сказал он. "От меня и моего друга. Вы подарили нам покой. Пожалуйста, сообщите нам, когда состоятся похороны и посещение. И еще одно: я заметил, что у нее были ожоги на теле. Кто-нибудь еще из жителей пострадал во время пожара?"

"О боже", - сказала женщина. "Я не знаю. Я ничего не слышала о пожаре. Я не видела тело; я имею в виду саму Розали. Мне только сказали, что она скончалась. О подробностях я ничего не знаю".

"Все в порядке", - успокоил ее И-Зи. "Я ничего не скажу. Я ценю все, что ты сделал. Спасибо."

"Никакого пожара здесь не было", - сказала она. "Не сработала сигнализация, насколько я знаю. Никаких пожарных машин не вызывали. Я. О боже".

E-Z махнул рукой и отошел от стойки. Женщина все еще продолжала бубнить себе под нос. Он решил, что ему лучше всего убраться оттуда.

Водитель помог E-Z забраться на заднее сиденье рядом с ожидающей его Лией, а затем убрал его инвалидное кресло в багажник машины.

"У тебя ушла целая вечность", - пожаловалась Лия. "Что это?"

Она попыталась выхватить книгу, но И-Зи продолжал держать ее в руках. Он заметил, что плата на счетчике была уже больше денег, чем у него было с собой.

"Ничего не поделаешь. Я украдкой взглянул на Розали. И схватил вот это. Это книга, о которой она нам говорила. Мы проверим ее, когда будем дома". Он прошептал: "У тебя есть деньги?".

Между ними двумя не было достаточно, чтобы покрыть плату за такси.

"Придется попросить маму или дядю Сэма помочь нам", - сказал он, когда водитель остановился у дома.

Водитель помог И-Зи вернуться в кресло, а Лия побежала в дом. Она вышла с достаточным количеством денег, чтобы покрыть стоимость проезда, и водитель отъехал.

"Сэм дал мне деньги".

"Он спросил, для чего они тебе?"

"Нет, но я ожидаю, что спросит".

Внутри дома Сэм и Саманта копошились на кухне. Пытались торопливо приготовить завтрак, пока близнецы оглашали их голодными криками.

"Почему ты не в школе?" спросил Сэм.

"Я объясню позже. Мы можем помочь?"

"Нет, но спасибо", - сказала Саманта. Она начала кормить Джека.

Сэм кивнул и принялся кормить Джилл.

И-Зи и Лиа зашли в его комнату и закрыли дверь. Альфред читал газету.

"Розали умерла", - пролепетала Лия, а затем упала на колени и зарыдала, в то время как E-Z обнял ее, а Альфред бросился к ней. Трое обнялись и плакали до тех пор, пока у них не осталось слез.

"Что это у тебя там?" спросил Альфред.

"Я схватила книгу".

Лия подняла ее, потом встала и прижала к груди, словно обнимала подругу, а вместо этого увидела все это. Розали в "Белой комнате". Фурии в Белой комнате вместе с ней. Книги горят. Полки падают. Огонь повсюду.

Лия упала на колени.

"Она была такой храброй. Такой очень храброй".

"Ты видел огонь?" спросил И-Зи. "Что случилось?"

"Ты знал о пожаре?"

Он кивнул.

"Почему ты не сказал мне?" Она уже знала ответ на этот вопрос. Он защищал ее от правды. "Когда я прикоснулся к книге, я все увидел. Розали была в Белой комнате. И Фурии были там вместе с ней. Они хотели, чтобы она рассказала им о нас и других детях. Они пытали ее, но она не сдавалась".

"Почему она не позвала нас?"

"Она пыталась. Я не знал, что это жизнь или смерть. Все прошло, и я подумал, что все в порядке".

"Это не твоя вина", - сказал И-Зи.

"Она умерла одна, под книжными полками, а вокруг нее горели книги. Она не заслуживала такой смерти. Никто не заслуживает такой смерти". Она всхлипнула, уткнувшись в свои руки.

"Бедная Розали", - сказал он. "Она могла вызвать меня. Она делала это раньше. Почему она не вызвала меня?"

"Потому что она подвергла бы тебя опасности. Она умерла, защищая нас".

"Значит, фурии пытались выведать у нее наши имена и имена других детей, а она пожертвовала собой, чтобы спасти нас? Чтобы сохранить наш секрет. Какой удивительной женщиной была Розали. Мы никогда не забудем ее - никогда", - сказал Альфред, борясь со слезами. "Она заслуживает медали. Почетной медали".

"Погоди-ка, может, они заблокировали ей возможность позвонить нам?" сказал E-Z.

"Она действительно отправила мне SOS, но она уже делала это раньше. Однажды она сделала это, когда у них в доме закончился чай, и ей захотелось повозмущаться по этому поводу. Я не знал, что этот SOS означает, что ее жизнь в опасности".

"Ты не мог знать. Никто из нас не мог. Мы не можем винить себя". Все трое молчали. "Подожди минутку, давай посмотрим на книгу".

"Это все то, о чем она нам говорила. Полный список, с подробностями обо всех детях, похожих на нас. Слава богу, что у фурий не дошли до этого руки!"

"Эй, погоди-ка!" сказал E-Z. "Сама мысль о том, что они пытали ее, чтобы узнать информацию о нас и остальных, означает, что "Фурии" знают о существовании всех нас. Это значит, что эти дети где-то там, совсем одни, и они даже не знают, что их ждет!

"Мы должны добраться до них первыми. Потому что это лишь вопрос времени, когда - как бы они ни узнали о нас, они - выяснят, где они находятся".

"А что, если это ловушка, чтобы мы привели "Фурий" прямо к ним?" поинтересовался Альфред.

"Не думаю, что они знают, где нас искать, иначе они были бы здесь, не так ли?" спросил E-Z. "Я имею в виду, что у них был элемент неожиданности. Убив Розали, они протянули руку. Дали нам понять, что им что-то известно... возможно, чтобы залезть нам в голову, потому что мы главные". "А что насчет других детей?" спросила Лия. "Как мы собираемся добраться до них, не подставив свои руки?"

"Хадз? Рейки?" позвал И-Зи. "Если ты меня слышишь, нам нужна твоя поддержка и помощь".

РОР.

ПОП.

"Вы знаете о Розали?" - спросил он.

"Да, знаем, и это грустная, печальная история", - сказала Хадз, вытирая крыльями слезы. "Они пытали здесь, в Белой комнате. И если это было недостаточно плохо - они полностью уничтожили ее и все, что в ней было. Все эти прекрасные, крылатые книги - исчезли. Розали - исчезла. Исчезла." Из-за рыданий она больше не могла говорить.

"Вот, вот", - сказал Рейки. "И это еще не все. Мы не знаем, что случилось с душой Розали".

"Подожди, ее тело лежит в кровати в ее комнате на другом конце города в доме престарелых. Может, ее душа там вместе с ней?" спросил И-Зи.

Рейки ответил: "У тебя есть что-нибудь запечатанное, закрытое, от воздуха, от всего? Если да, то, пожалуйста, немедленно сходи и принеси это - тогда мы пойдем и посмотрим, находится ли душа Розали с ней. Мы уговорим ее отправиться в контейнер - временно, пока не выясним, где находится ее Ловец душ. Надеюсь, эти фурии его не забрали".

И-Зи поспешил на кухню, где Сэм и Саманта были заняты кормлением близнецов. "У нас все еще есть тот большой термос?"

"Да, он в шкафу над холодильником", - сказал Сэм, а потом ворковал, обращаясь к сыну.

"Спасибо", - сказал E-Z, направляясь обратно в свою комнату. "А это подойдет?"

Чтобы донести контейнер, им обоим потребовалось по одному.

"Подожди!" крикнул Альфред, как раз вовремя, чтобы поймать их, прежде чем Хадз и Рейки выскочили наружу. "Может, я смогу помочь? У меня есть целительные способности. Возьми меня с собой. Позволь мне попробовать. Пожалуйста."

POP

POP

FIZZLE

И они втроем исчезли, приземлившись в комнате Розали.

"Вот она", - сказал Альфред, запрыгивая на кровать и стараясь не наступить на нее своими перепончатыми лапами. С помощью клюва он приподнял простыню, а Хадз и Рейки зависли рядом.

"Что он собирается делать?" поинтересовался Рейки.

"Ш-ш-ш", - ответил Хадз.

Альфред положил клюв на лоб Розали и одним из своих крыльев коснулся ее сердца. Ничего не произошло.

"Давай я попробую что-нибудь еще", - сказал лебедь. На этот раз он завис над телом Розали, прижавшись лбом к ее лбу. И снова ничего.

"Ты постарался на славу, - сказал Хадз, - теперь нам нужно обезопасить ее душу. Выходи, выходи, где бы ты ни была".

И точно так же душа Розали поплыла к ним.

"Здесь ты будешь в безопасности", - сказал Рейки, когда душа была затащена в контейнер, а затем крышка была плотно закрыта.

РОР.

ПОП.

ФИЗЗЛ.

"Ты смог ей помочь?" спросила Лия, но она уже знала ответ по выражению глаз Альфреда. Она обняла его: "Я уверена, что ты старался изо всех сил".

"Действительно старался", - сказал Хадз.

"Однако ее душа в безопасности, здесь... никто не должен ее открывать. Ее нужно держать в безопасности, пока Ловец душ не будет готов ее забрать".

"Может, тебе стоит оставить ее при себе?" сказал Альфред. "И спасибо, что позволил мне попробовать".

В комнате И-Зи "тройка" сформулировала план, как собрать остальных детей вместе. Было решено, что E-Z отправится в Австралию за Лачи - также известным как Мальчик в коробке. Альфред на крыльях отправится в Японию, где заберет Харуто, мальчика, которого бросили в лесу. И, наконец, Лия отправится через США, чтобы забрать Бренди - девушку, которая может снова вернуться к жизни.

Их миссии были ясны, а вот что они будут делать, когда доберутся до места, - нет. Другие были разных возрастов, разных культур, разных языков. Некоторым требовалось разрешение родителей, а некоторым - нет.

"Интересно, что Розали рассказала им о нас?" спросила Лия.

"Мы можем спросить у них, когда увидим их", - предложил Альфред.

"А пока нам нужно собрать чемоданы и все спланировать. Я доберусь туда на своем кресле, но у вас двоих есть варианты. Решайте, что вам больше подходит, и приводите свой план в действие. Я верю, что ты примешь правильное решение, а время идет".

"Я рада, что ты это сказал, - сказала Лия, - потому что я не уверена, хочу ли я лететь туда на самолете. Я думаю, что Литтл Доррит будет лучшим вариантом, но не уверен, что она будет в восторге от этого. Она улетит с одним пассажиром, а вернется с двумя".

"Я тоже не уверен", - сказал Альфред. "Я мог бы полететь туда по собственному желанию, но, поскольку Харуто совсем маленький, мне придется сопровождать его в самолете, если только его родители тоже не поедут с ним. К тому же мне придется беспокоиться о ненастной погоде - а это очень далеко".

"Как я уже сказал, вы двое решайте, что вам больше подходит. Альфред, если решишь лететь на самолете - попроси дядю Сэма уладить для тебя все детали".

Тройка приготовилась собрать всех детей вместе. Затем они составили план - как победить этих злобных фурий. Даже если это будет последний план в их жизни.

ГЛАВА 1
АВСТРАЛИЯ

E-Z был первым из команды, кто покинул Северную Америку. Летая по небу в своей инвалидной коляске, он наслаждался свободой, которую давал открытый воздух.

Одна только мысль о том, чтобы сдать свою инвалидную коляску на хранение в самолете, вызывала у него страх. Что, если она потеряется? Или уничтожат? Это был не тот риск, на который стоило идти. Разве Бэтмен отказался бы от своего Бэтмобиля? Никогда.

Хотя он был почти уверен, что ему придется вернуться на самолете вместе с Лачи. Было бы неправильно заставлять парня лететь самостоятельно. Может, для него сделают исключение и позволят лететь в инвалидном кресле? Стоило бы поинтересоваться. Он перейдет этот мост, когда доберется до него. Кроме того, он не хотел даже думать о еде в самолете. Слава богу, теперь у него был с собой упакованный ланч.

Он играл в доджем с облаками - и один или два раза прошел прямо сквозь них. Но ему нужно было сосредоточиться. В конце концов, Австралия находилась на другом конце света.

Заметки Розали о мальчике в коробке оказались не такими уж полезными, как он надеялся. Он прочитал о его истории в интернете. Больше всего его поразило то, что мальчик теперь предпочитал животных людям. Это имело смысл после всего, через что он прошел.

Когда его нашли, бедный ребенок был настолько измотан, что забыл, как говорить. И-Зи знал, что в мире существует жестокость, но это было невыразимо.

У E-Z было много вопросов, на которые он надеялся найти ответы, например, где были родители Лачи? Кто кормил и чистил его клетку? Кто посадил его туда? Почему?

В статье говорилось, что они послали репортеров, чтобы сфотографировать мальчика, посмотреть, как он поживает, но животные не позволили им подойти близко. Даже когда они попытались использовать телеобъектив. Сороки нападали и бомбардировали их. Он посмотрел несколько роликов с нападениями сорокопутов - это было похоже на что-то из фильма Хичкока "Птицы". В конце концов одна из сорокопутов улетела вместе с объективом репортера. После этого они оставили мальчика в покое.

И-Зи надеялся, что ему удастся завоевать доверие мальчика. И что его друзья-животные тоже будут ему доверять. Если нет, то его путешествие будет бессмысленным. Ну, не совсем бессмысленным, если он встретится и поговорит с мальчиком. Захочет ли он помогать другим после того, как с ним обошлись? Только время покажет.

Он летел над Атлантическим океаном. Он уже летал этим маршрутом, и именно здесь он впервые встретил Альфреда. Его телефон в кармане завибрировал - он взглянул, и там оказалось сообщение от Лии.

"Просто хотела сообщить тебе, что я путешествую с Литтл Доррит".

"Ты все-таки решил не лететь - на самолете?"

"Малышка Доррит появилась, и она в моем расписании".

"Звучит как план". Он послал эмодзи "большой палец вверх".

"Где ты?" - спросила она.

"Прямо над Атлантикой. Вода, вода и еще раз вода".

Они разъединились, и он набрал скорость, пересекая Африку, где заметил остров Роббен - тюрьму, в которой почти тридцать лет держали Нельсона Манделу.

Его желудок заурчал; ему не понравился сэндвич в рюкзаке. Поэтому он высадился в Кейптауне и понадеялся, что сможет воспользоваться своей банковской картой, чтобы перекусить. Он заметил вывеску заведения, где продавали "Традиционную рыбу и чипсы" с британским флагом, и там принимали банковские карты. Он взял приготовленную еду и взлетел на вершину Львиной головы. Закончив есть свою еду, которая оказалась очень вкусной, он сделал селфи, а затем продолжил свой путь.

"Разбуди меня через два часа", - сказал он своему инвалидному креслу, которое завибрировало, а затем ускорилось. Когда он снова проснулся, он уже пересекал Индийский океан. Огромное количество звезд вокруг него заставило его почувствовать себя не таким одиноким. Он ехал дальше, чувствуя триумф от того, что уже почти добрался до цели, когда увидел на горизонте солнце, прокладывающее себе путь по небу, чтобы впустить новый день.

И вот оно прямо перед ним - пятнистое побережье Австралии. Возбужденный желанием увидеть его воочию, он прибавил скорость и помчался к нему. Поняв, что очень хочет пить, он потянулся в рюкзак и достал бутылку с водой, которую осушил. Пустую бутылку он положил обратно в рюкзак, чтобы выбросить позже, и хотя он все еще был довольно сыт рыбой и чипсами, которые он съел ранее. Он решил продолжить и съесть сэндвич с ветчиной и сыром, который упаковал дядя Сэм.

Он пролетел над Западной Австралией, и теперь, почувствовав жару, снял толстовку и положил ее в рюкзак. Он продолжал лететь в глушь Северной территории, размышляя, где именно ему приземлиться, когда к нему подлетела крошечная птичка с перьями оттенков синего, подчеркнутыми черным кольцом на шее.

"Следуй за мной, E-Z", - сказала она. "Я следила за тобой".

"А кто ты?" - спросил он.

"Я фея-крапивник", - ответила она. "Пойдем, он ждет".

Группа канюков сопровождала их.

"Не волнуйся", - сказала фея-красавица. "Это наши сопровождающие".

Он наблюдал за уникальной формой, в которой двигались белые полосы черногрудых канюков. Он слышал о поэзии в движении, теперь он точно знал, что означает эта фраза.

Затем он заметил мальчика. Он был ниже их и махал рукой. E-Z помахал в ответ. Если не считать того, что он сидел на спине исключительно большой птицы, он выглядел как любой другой ребенок.

"Добро пожаловать в Австралию", - сказал он. "Скоро стемнеет, так что следуй за мной. Да, кстати, можешь звать меня Лачи".

"Приятно познакомиться с тобой, Лачи! Не могу дождаться, когда увижу больше твоей сказочной страны. Жаль только, что я не смогу остаться здесь подольше".

"Это Леса Саванны", - сказал парень. "Вдохни поглубже, и ты заметишь аромат эвкалипта".

"Да, пахнет чудесно", - сказал И-Зи.

Они отправились дальше, через каменную страну, через поймы рек и биллабонги. Наконец они добрались до места назначения в The Outliers.

"Здесь я живу", - сказал мальчик. "Национальный парк Какаду - самый большой наземный национальный парк Австралии, его площадь составляет более 20 000 квадратных километров. Я живу здесь вместе с растениями и животными". Сказочный крапивник приземлился ему на голову. "О, ты опять устал", - с улыбкой сказал мальчик. А потом на И-Зи: "Ее часто нужно подвозить".

Когда они прибыли на территорию, напоминающую кемпинг, мальчик сказал: "Добро пожаловать в мой дом".

"Спасибо", - ответил И-Зи. "Я бы точно не отказался от душа, а то ванна и мне нужно в туалет".

"Я выкопал дурдом, вон там, за деревом. Ты будешь в достаточной безопасности. Потом я покажу тебе, где находится водопад, и ты сможешь привести себя в порядок".

"Водопад, да? А там есть крокодилы?"

"Крокодилы есть... но они привыкли, что я пользуюсь водопадом. Я пойду с тобой в первый раз, если хочешь?".

"Нет, у меня есть крылья, и у моего кресла тоже. Мы улетим, если услышим сильный всплеск!"

"Хорошо", - сказал самый младший. "Просто зависни в падающей воде - не приземляйся - и все будет хорошо. А я тем временем соберу немного еды на ужин. Если тебе понадобится помощь, просто крикни, и я прибегу".

Приближаясь к водопаду, он заметил знаки - и их было много, с надписями DANGER и WARNING. Один из них гласил, что здесь водятся как соленоводные, так и пресноводные кроки. Ужас.

"Вверх, на вершину!" - приказал он своему креслу. Он зашел прямо в воду, лицом вперед, и сидел там, наслаждаясь тем, как она падает на него и вокруг него. Поначалу было холодно, но когда он привык к ней, то почувствовал себя прекрасно.

Оглядываясь по сторонам, он думал об эму, на котором его встретил мальчик. Казалось странным, что птица такого размера - с такими огромными крыльями - не может летать. Он читал в интернете о птицах, которые не могут летать. Он был удивлен, увидев в этом списке киви, а также эму, страусов, пингвинов, казуаров и реасов. Он прочитал в интернете, что ДНК реасов изменилось, и теперь они не могут летать. Он чувствовал себя немного виноватым, что он, мальчик, может летать, а эти прекрасные птицы - нет.

Когда он был чист и одет в новую одежду, он вернулся к мальчику, который деловито готовил им еду.

"Это слива биллигот".

И-Зи откусил кусочек. На вкус она была потрясающей.

"Это красное кустовое яблоко, а это черная смородина".

И-Зи съел все и был в восторге.

"Теперь это был наш десерт, мне нужно приготовить основное блюдо". Мальчик копал и копал, а потом наткнулся на кастрюлю, которая была слишком горячей, чтобы он мог с ней справиться. Когда он снял крышку палкой, запах того, что он приготовил, заставил И-Зи разинуть рот.

"Это мидии", - сказал мальчик, положив несколько штук на лист.

"Они очень вкусные. Я никогда раньше не пробовал мидии".

Солнце падало с неба. "Пора спать", - сказал мальчик.

"Еще раз спасибо, что заставил меня почувствовать себя таким желанным гостем". И-Зи зевнул. До этого момента он не понимал, как долго бодрствовал.

"Ты будешь спать там", - он указал вверх, на дерево, на котором стоял домик на дереве и веревочная лестница, ведущая вниз. "Можешь лететь наверх, поставь тормоз, чтобы не двигаться во сне. Моя комната вон там", - он указал на другое дерево с веревкой, ведущей вниз, и домиком на вершине.

"Теперь спи", - сказал Лачи. "Утром мы во всем разберемся.

ГЛАВА 2
ЯПОНИЯ

Альфреда мог бы подбросить E-Z по пути в Австралию. Вместо этого он решил лететь традиционным человеческим способом - на самолете.

Сэму пришлось вести переговоры, чтобы убедить авиакомпанию предоставить лебедю-трубачу место. Не говоря уже о первом месте в первом классе. Сэм использовал свои связи на работе, чтобы помочь Альфреду лететь стильно.

В салоне самолета, надев наушники и свой счастливый галстук-бабочку, Альфред чувствовал себя как дома. Он был расслаблен, а бортпроводник был внимателен. Тем не менее он не мог дождаться прибытия в Японию. И познакомиться с мальчиком по имени Харуто.

Альфред пристроил свой рюкзак неподалеку, а внутри у него было несколько закусок. Он ждал, когда действительно проголодается, прежде чем копаться в своих пакетах с диким рисом и диким сельдереем. Вместе с едой у него была запасная батарея для телефона и кредитная карта Сэма с письмом-согласием на ее использование.

Пока он смотрел в окно на пролетающие облака, он думал о Харуто. Судя по записям Розали, он был намного младше остальных детей. И она понятия не имела, в чем заключаются его способности - если предположить, что у него есть способности.

План Альфреда заключался в том, чтобы сначала объяснить все родителям Харуто и, надеюсь, расположить их к себе. Затем, после того как он подтвердит свою специализацию, то есть какие у него есть способности, рассказать подробнее о том, как Харуто может помочь.

Самое сложное было бы убедить их позволить своему юному сыну отправиться за границу. С оплатой проблем не было - Сэм сказал, что для этого нужно использовать его кредитную карту. А вот убедить их согласиться на то, чтобы лебедь отвез их ребенка в Северную Америку, - вот на это придется пойти.

Он откинулся на сиденье, и оно откинулось.

"Хотите чего-нибудь?" - поинтересовалась симпатичная пассажирка.

Хорошо, что люди теперь могли его понимать. Это значительно облегчало ему жизнь, так как не требовался переводчик.

"Чашка чая была бы как нельзя кстати", - сказал Альфред. "В пиале", - добавил он. "Трудно засунуть этот клюв в чашку".

Служащая улыбнулась. Мгновением позже она вернулась с пиалой, пакетиком чая, сахаром, молоком и еще одной пиалой с прохладной водой. "На случай, если чай окажется слишком горячим", - сказала она.

"Действительно, очень предусмотрительно", - сказал Альфред.

Он дал чаю остыть и продолжил смотреть в окно. Это было так здорово - сидеть и наслаждаться видом. Не беспокоясь ни о порывах ветра, ни о снеге, ни о дожде, ни о хищниках.

Наконец он выпил свой чай с небольшим количеством молока и сахара, а затем отключился.

Он проснулся от объявления, что бортпроводники готовят пассажиров к посадке. Он проспал весь полет!

Через иллюминатор ему открылся полный вид на аэропорт Ханеда. Вокруг него он увидел много-много свежей травы, которую можно было съесть. Он попробовал немного, а рис и сельдерей оставил на потом.

Еще дальше виднелись очертания самой высокой горы в Японии - Фудзи. Сэм был прав: сидя в левой части самолета, лучше всего видеть то, что называют сердцем Японии.

"Знаешь ли ты, что на пятом этаже есть смотровая площадка? Оттуда может открыться лучший вид на гору Фудзи", - сказала Альфреду стюардесса.

"Жаль, что у меня нет больше времени, но спасибо. Возможно, на обратном пути".

Служащие позволили ему выйти из самолета первым. Они выстроились в очередь, чтобы попрощаться с ним, словно он был рок-звездой.

Поскольку у Альфреда была только его ручная сумка, а лебеди не имеют права на паспорт, он вышел из аэропорта, чтобы найти такси.

Перед поездкой он поискал в Интернете информацию о том, как нанять такси в Японии. В информации говорилось, что нужно искать красную наклейку в правом нижнем углу лобового стекла такси. Эта красная наклейка подтверждала, что такси можно нанять.

Когда он нашел одно из них с такой наклейкой, то очень обрадовался. Он подлетел к открытому окну и передал водителю записку, используя свой клюв. В записке было указано, куда ему нужно ехать. Водитель был добрым и не возражал против перевозки пассажира-лебедя. Он нажал кнопку на руле, которая открыла заднюю дверь, и Альфред смог забраться внутрь. Водитель закрыл дверь, и они поехали.

Харуто и его семья жили во втором по величине городе Японии под названием Йокогама. Хотя Альфред и старался рассматривать достопримечательности, включая горизонт, все, о чем он мог думать, это о том, как он собирается убедить Харуто и его семью принять участие в их борьбе с Фуриями.

Телефон в его рюкзаке завибрировал. Он потянулся внутрь; это было сообщение от E-Z.

"Сейчас с Лачи. Как у тебя дела в Японии?"

Он набирал текст клювом - этому он научился сам, когда путешествовал по Японии в одиночку. Он тоже был быстр и не делал много опечаток.

"Сейчас почти доехал до Йокогамы на такси. Надеюсь скоро добраться до дома Харуто".

E-Z послал ему эмодзи "большой палец вверх".

Сын Альфреда любил строить роботов Gundam. В Йокогаме строился гигантский робот. Когда его строительство будет завершено, его высота составит 59 футов, узнал он, прочитав об этом в интернете. Его сын с удовольствием посетил бы Японию, чтобы увидеть его. С тех пор как они умерли, Альфред старался не думать о них, так как это наводило на него тоску. Однако сегодня, здесь, в Японии, он решил увидеть все, что только можно, как будто его семья была рядом с ним, на его стороне. Жизнь была слишком коротка, даже в роли лебедя, чтобы постоянно грустить.

Водитель остановился возле садового домика со ступеньками с цветами по обе стороны перил. Водитель открыл свою дверь, и Альфред вышел. Поднявшись по нескольким ступенькам, он остановился и перекусил травой, которой было вдоволь по обе стороны лестницы. Воздух был прохладным и ароматным, а частный сад перед домом - прекрасным. Поднявшись почти до самого верха, он заметил, что передняя площадка, окружающая дом, была очень привлекательной, а слева от входа располагался совиный водоем. Однако в самом доме все жалюзи были опущены, словно никого не было дома. Он очень надеялся, что кто-нибудь придет поприветствовать его. Ему хотелось перекусить и немного отдохнуть.

Он постучал клювом в дверь. Голос доносился из ящика, стоявшего около середины двери, до которого он не мог дотянуться, не взлетев, что он и сделал.

"Меня зовут Альфред", - сказал он.

Дверь открылась, и пожилая женщина пригласила его внутрь. Он последовал за ней, гадая, связался ли кто-то из команды с семьей, чтобы завязать знакомство до его приезда.

Он продолжал следовать за ней, так как звук его перепончатых лап, шлепающих по деревянным полам, был единственным слышимым звуком. Внутри дома было много дерева - и ароматные орхидеи наполняли воздух. Пожилая женщина провела его в гостиную, которая была заставлена мебелью, в основном кожаной. Жалюзи в задней части дома были распахнуты - ему открылся вид на пышную зелень заднего сада. Она указала на кресло, и он пересел в него.

Он только успел устроиться поудобнее, как женщина вернулась в комнату с подносом, на котором стоял горячий чай и несколько пирожных. Было похоже, что она ждала его - либо так, либо чайники в Японии кипят гораздо меньше времени.

Позади нее стоял маленький мальчик, который держался за ее ногу и прятался за ней. По возрасту он подходил на роль Харуто, но, прочитав, что японцев нельзя называть по имени, не получив на то разрешения, он решил, что это не так. Время от времени мальчик поглядывал на Альфреда, а потом снова прятался. На вид ему было года четыре или пять, не больше, и одет он был в футболку с Оптимусом Праймом, короткие штанишки, а на ногах - тапочки.

"Тебе нравится Оптимус Прайм?" спросил Альфред.

Мальчик улыбнулся, а затем вернулся в свое укрытие.

Женщина отпихнула его, чтобы подать чай.

У Альфреда на телефоне был настроен переводчик. Он прочитал на экране слова приветствия и сказал: "Кон'ничива". Он извинился за свое плохое произношение.

"Он британец", - сказал мальчик, и, когда он это сделал, пожилая женщина недовольно заворчала.

Альфред был застигнут врасплох тем, насколько хорошо этот молодой парень говорил по-английски. "А, ты говоришь по-английски. И да, это я. Ты умница, что заметил мой акцент".

На этот раз мальчик посмотрел на женщину, прежде чем заговорить. Она кивнула.

"Отец и мать на работе", - сказал он. "Это моя Собо" (что в переводе означает "бабушка"), "а меня зовут Харуто".

"Привет", - сказала женщина, тоже на английском. "Ты должен вернуться позже".

"Меня зовут Альфред. Могу я называть тебя Харуто?" Мальчик кивнул, затем обратился к женщине: "Как мне тебя называть?".

"Собо, - сказала она, - все зовут меня Собо, так как я бабушка Харуто, я бабушка всех. Он счастлив делиться мной".

Альфред кивнул: "Я очень рад познакомиться с вами обоими".

"Тебя прислала Розали?" - спросил мальчик.

"Ты помнишь Розали?" спросил Альфред. Он был очень рад, что у них есть такая связь - хотя если бы он заранее знал, что Харуто может говорить по-английски, это могло бы избавить его от некоторого беспокойства. Тем не менее он решил последовать совету женщины и поднялся, чтобы уйти.

"Мой отец работает неподалеку", - сказал Харуто.

"Мне нужно найти место, где можно остановиться. Можешь порекомендовать какое-нибудь место поблизости?"

Бабушка Харуто дала Альфреду адрес с указаниями, как добраться туда пешком.

"Я позвоню нашему другу, который управляет отелем. Он поможет тебе устроиться, и ты сможешь присоединиться к моему сыну позже в кафе".

"Спасибо", - сказал Альфред.

Прогулка до отеля была короткой, и он наслаждался свежим воздухом. Он даже попробовал немного японской травы, которая оказалась довольно приятной на вкус, и сделал несколько глотков из фонтанов.

Комната была небольшой, но в ней было все необходимое, она была исключительно чистой и хорошо обставленной. На его ночном столике стояла лампа, основание которой было выполнено в форме совы. Он включал и выключал ее, замечая, как загораются глаза. Он принял душ, переоделся в другую бабочку, а затем направился в кафе, где должен был встретиться с отцом Харуто.

Его телефон зажужжал; это снова было сообщение от E-Z.

"Как там Япония?"

"Неплохо", - ответил он, используя клюв для набора текста. "Я познакомился с Харуто и его бабушкой. Они говорят по-английски. Он очень стеснительный, но знал Розали. Он был заметно мал - может, четыре или пять. Возможно, будет непросто убедить его семью позволить ему приехать в Северную Америку".

"Розали знала, что у него есть способности - но да, он моложе, чем я думал", - сказал E-Z. "Хорошо, что они говорят по-английски. Где ты сейчас находишься?"

"Я иду в кафе, чтобы встретиться с отцом Харуто. Кстати, я не думаю, что у Розали было время обновить или дополнить свои записи о Харуто. Она говорила о нем как о ребенке".

"Я не уверен, насколько нам стоит беспокоиться на данном этапе, но я читал в интернете - там говорилось, что Фурии могут принимать любую форму. Просто делюсь информацией. Поскольку мы не можем их узнать, если они узнают о нас, нам нужно быть осторожными".

Альфред отправил эмодзи в виде большого пальца вверх.

"Мне пора идти", - сказал E-Z.

ГЛАВА 3
ПЛОХИЕ МЕЧТЫ

E-Z спал и бодрствовал. То есть он видел потолок над своей кроватью, чувствовал, как матрас поддерживает его спину. И все же в его голове три баньши пронзительно кричали:

"Скажи нам, где ты!".

"Скажи нам!"

"Скажи нам СЕЙЧАС!"

"Неееееееееееееет!" - закричал он.

Затем над его головой на потолке появилось зеркало. Но человек в нем, отражавшийся от него, был не он сам. Вместо него это был его дядя Сэм. И в отражении его дядя Сэм кричал и корчился от боли.

"Дядя Сэм в нашем логове!" - пронзительно кричала первая ведьма.

"И ему уже никогда не выбраться обратно!" - в унисон закричали две другие.

Затем все трое разразились таким хохотом, какого он никогда раньше не слышал. Звуки были гиеноподобными, гортанными, звериными.

"Говорите!" - потребовали злые ведьмы и стали тыкать и тыкать дядю Сэма, словно он был куском мяса, который готовили перед запеканием.

"E-Z", - сказал дядя Сэм, его голос дрожал, словно его тело находилось в его отражении. "Что бы они ни хотели, не давай им этого. Что бы они ни сделали со мной, не поддавайся".

"Если ты причинишь ему вред, - сказал E-Z, - я, я..."

"Скажи нам, где ты, где они все, и мы отпустим его", - пели они вместе голосом, который не показался бы неуместным и в Аиде.

"Все, что нам нужно, - это подсказка или две", - сказал второй.

"Расскажи нам, кто есть кто", - сказал первый.

"Или мы уберем сами знаете кого", - сказал третий.

Затем они рассмеялись. От их голосов в его голове стало так больно. Но он был всего лишь сном. Он должен был проснуться - СЕЙЧАС.

"А-а-а-а-а-а-а-а-а-а!" крикнул дядя Сэм.

Снова раздался смех.

E-Z проснулся и быстро понял, что находится в Австралии с Лачи, а не дома в собственной кровати. Он проверил свой телефон, но у него был только один бар. Он продолжал проверять, пока не набрал достаточно баров, чтобы позвонить дяде Сэму. Чтобы убедиться, что с ним все в порядке. Что это был кошмар и ничего больше.

Внизу, в домике на дереве, он слышал, как Лачи передвигается. Наверное, готовит завтрак. Было приятно видеть, как живет молодой человек. Как он собрал себя заново после всего, что ему пришлось пережить. Люди были весьма примечательны.

Что бы ни готовил Лачи, пахло вкусно, и первым его побуждением было полететь прямо к нему и рассказать о своем кошмаре. Но что-то в глубине души подсказывало ему, что нужно держать это при себе - пока что. В конце концов, фурии не могли знать, где он живет. Где жили они все. Он снова проверил полоски на телефоне - на этот раз даже одной полоски не было. Он сунул его в карман и полетел вниз.

"Ты хорошо выспался?" спросил Лачи, вычерпывая ложкой жидкость из котелка, стоящего над огнем, в миску.

И-Зи принял ее. "Мне приснился странный сон, но в остальном - да. Там хорошо. Спасибо, что был так гостеприимен".

"Не беспокойся. Здесь много духов. И незнакомых тебе звуков. Если хочешь поговорить о сне, не стесняйся", - сказал Лачи.

"Может быть, позже".

"Ладно, давай, копайся. Надеюсь, ты любишь грибы".

"Люблю", - сказал И-Зи, отправляя ложкой в рот большое количество горячего парового супа. "Это очень вкусно".

"Ой, подожди минутку, я забыл про демпфер - это хлеб". Он открыл немного алюминиевой фольги, которая лежала в центре костровища, и разорвал ее на четвертинки, отдав первую часть E-Z.

"Это лучший хлеб, который я когда-либо пробовал! Как ты научился так готовить?"

"Меня научил кто-то из местных жителей. Рад, что тебе нравится".

Они сидели молча, пока солнце улыбалось им с высокого неба. И-Зи старался не думать о своем кошмаре. Он достал из кармана телефон и снова проверил столбики. Едва-едва. Он любил технологии - когда они работали.

"Теперь, когда твой живот полон, давай поговорим о том, почему ты здесь", - сказал Лачи. "А главное, чем я могу быть полезен".

E-Z промолчал, вместо этого он снова с надеждой посмотрел на свой телефон. Лачи, казалось, это не беспокоило, так как он отрывал очередной кусок демпфера. Наконец, он снова взял себя в руки и сосредоточил внимание на обсуждаемом вопросе.

"Извини, мои мысли были за миллион миль отсюда".

"Это не проблема. Хочешь еще демпфера?"

"Нет, я в порядке. Итак, прежде всего я хотел бы узнать, что Розали рассказала тебе о нас троих. Я имею в виду Альфреда, Лию и меня".

"Да, она рассказала мне все о вас троих. Как будто она была прямо здесь, со мной, и рассказывала мне сказку на ночь. Чем больше она говорила, тем больше я хотел встретиться с вами, помочь вам".

"Я рад слышать, что ты хочешь помочь. Но позволь мне сначала рассказать тебе о деталях, прежде чем ты возьмешь на себя обязательства. Это будет нелегкий путь для любого из нас".

"Я не боюсь вызова", - сказал Лачи. "Что Розали рассказала тебе обо мне?"

"Честно говоря, она рассказала мне не так много, но я читал о тебе в интернете. Ты когда-нибудь выяснял, что случилось с твоими родителями?"

"Нет, и не хочу. Я счастлив здесь, самодостаточен. Мне никто не нужен".

"Всем нужны друзья", - сказал E-Z.

"Может быть".

"Розали рассказывала тебе о "Фуриях"?"

"Нет, но она сказала, что однажды ты обратишься ко мне, когда тебе понадобится моя помощь в борьбе со злом. И она упомянула The Furies - о которых я уже слышал".

"Правда? И что же ты слышал?" поинтересовался E-Z.

"Коренные жители, от которых я каждый раз узнаю что-то новое, когда нахожусь рядом с ними, знают все о The Furies. Они нацелились на оригиналов, пытаясь наказать их и вытеснить со своих земель".

"Лачи встал, вылил немного воды на огонь и убедился, что тот полностью потух.

"Я, например, считаю, что зло должно существовать, чтобы добро выжило, но должен быть какой-то кодекс - а они не следуют кодексу. Все, что они делают, они делают для собственного самосохранения, а это не способ жить".

"Это мудрые слова для ребенка твоего возраста", - сказал E-Z. Сказав это, он почувствовал себя немного неловко, словно слишком старался быть мудрым, будучи старшим из двоих. "Думаю, тебе, наверное, семь или восемь, я прав?"

"Думаю, да, но насчет моего настоящего возраста я не уверен. Когда меня нашли, то не нашли никаких документов, подтверждающих это. Видимо, когда мой голос начнет меняться, я буду иметь представление". Он рассмеялся.

"А пока ты можешь сам выбрать свой возраст", - предложил E-Z.

"Как я выбрал себе имя", - ответил Лачи. "В любом случае, что бы ты от меня ни требовал, я в деле".

"Что происходит с The Furies, так это то, что они используют интернет. Ты ведь знаешь об интернете, да?"

"Да. В библиотеке есть вай-фай. Я люблю читать. Мифология - это довольно круто. Научная фантастика тоже".

"Фурии" используют многопользовательские онлайн-игры, чтобы заманить детей в ловушку. Большинство детей играют в игры, включая меня", - сказал E-Z.

"Игры - это трата времени", - сказал Лачи. "Этому меня учили учителя коренных народов. Жизнь слишком коротка, чтобы тратить ее на бесцельные отвлечения".

"Однако все любят игры", - сказал И-Зи. "Я мог бы привести тебе цифры по всему миру, но главное, что "Фурии" пользуются этим феноменом. Как будто каждый ребенок, который играет, дал им доступ к своим сердцам и умам".

"Как это?"

"Чтобы повысить уровень в игре, ты должен выполнить список заданий. Это единственный способ продвинуться в игре. Если бы ты не делал то, о чем тебя просят, не было бы смысла играть в игру. И тем не менее то, что от тебя много раз требуют, в реальной жизни противоречит закону".

"Против закона! Например?" спросил Лачи.

"Например, убивать".

Лачи покачал головой.

"Это игра, поэтому ты делаешь то, что нужно, чтобы перейти на следующий уровень".

"Ладно, кажется, я понял. Мандат фурий заключался в том, чтобы наказывать тех, кто совершал преступления и оставался безнаказанным. Они извращают этот мандат, чтобы навредить детям, играющим в воображаемую игру".

"Правильно, Лачи. Именно так. А когда дети умирают, они крадут их души".

"Зачем?"

"Ты когда-нибудь слышал о ловцах душ?".

"Нет", - ответил Лачи.

"Когда ты умираешь, у твоей души есть место вечного покоя. Оно называется Ловец душ. Но этим детям не суждено умереть, когда их забирают фурии, поэтому их не ждет Ловец душ".

"Откуда ты все это знаешь?" спросил Лачи.

"Архангелы не только рассказали мне, но и показали. Я несколько раз был в своем Ловце душ. Они вызывали меня туда. Я даже не знал, как это называется, пока все это не всплыло. Это не то, что должно волновать людей. Большинство думает, что мы попадаем в рай или ад".

"Если твой ловец душ был готов, а ты всего лишь ребенок, то почему их души не готовы?"

"Хороший вопрос. О котором я раньше не задумывался. Видимо, я полагал, что я - особое обстоятельство", - сказал E-Z. "Но я знаю, что архангелы что-то испортили. Что-то, о чем они не хотят говорить. Может быть, поэтому им нужна наша помощь, чтобы все исправить".

"Но как они это делают? Вот чего я не понимаю".

"Они изменили правила, надеясь взять под контроль всех Ловцов душ. Когда мы умираем, наши души должны попадать в ту, которая ждет нас после смерти. Они не предназначены для передачи. Если они будут контролировать их все, то каждой душе будет некуда идти. Это ввергнет загробный мир в хаос. Итак, теперь, когда ты все услышал, - ты все еще в деле?"

"Да, определенно. Кроме того, здесь нет ничего лучше. Я должен стать интересным приключением".

"Если быть на сто процентов честным, - сказал E-Z, - это будет нелегко. И ты поставишь свою жизнь на кон вместе с остальными. Но мы будем прикрывать друг друга.

"Мы победим!"

"Я очень на это надеюсь, но сначала нам нужно решить, как мы туда доберемся. Дядя Сэм припас для нас несколько авиабилетов. Что нам нужно сделать, так это забрать их в ближайшем международном аэропорту. Он их зарезервировал".

"Не нужно!" сказал Лачи. "У меня есть свой собственный транспорт". Он сунул два пальца в рот и свистнул.

В течение нескольких минут ничего не происходило.

" R - - - R - - - R - - - R - - - RRRRRRRRRRRRRRRRRRRRRRRRRRRRRRR". "Ч-что это было?" спросил E-Z.

Лачи стоял очень неподвижно, когда деревья сдвинулись и зашептались.

Затем И-Зи услышал хлопанье крыльев. Судя по звуку, у того, что приближалось, были гигантские крылья.

Затем существо прорвалось сквозь листву деревьев. Оно не могло не появиться ни в одном из фильмов о Гарри Поттере.

"Это дракон?" поинтересовался E-Z.

"Это авсидрако", - ответил Лачи. "Также известен как птерозавр, так что он местный". Дракону он сказал: "Привет, приятель!" - и отправился его приветствовать. Огромное чешуйчатое существо опустило голову. Лачи погладил его, а затем запрыгнул ему на спину.

"Давай, И-Зи, чего ты ждешь?"

"Э-э, у меня есть свой транспорт".

Лачи откинул голову назад и рассмеялся.

"ХАР-ХАР-ХАР-ХАР!"

присоединилось существо.

"Его зовут Малыш", - сказал Лачи. "Запрыгивай, потому что Малыш хочет тебя прокатить, а что Малыш хочет, то Малыш и получает".

"Но мой стул!"

Малыш протянул свою длинную шею и подхватил E-Z. Без стула он закинул его на спину. E-Z ухватился за Лачи, когда Малыш подпрыгнул в воздух.

"Осторожно, деревья!" крикнул E-Z.

Лачи и Малыш рассмеялись.

Они полетели, преодолевая мили и мили красного песка.

Вскоре E-Z уже не испытывал страха.

Они пролетели над несколькими скальными образованиями, одно из которых было похоже на лежащего Гомера Симпсона. Далее они увидели Улуру, огромный красный монолит.

Они провели целый день, летая по Австралии и осматривая достопримечательности.

"Лучше вернуться", - сказал Лачи. "Нам нужно хорошенько выспаться, прежде чем мы отправимся в Северную Америку и встретимся с остальной командой".

"Звучит как план", - сказал E-Z, теперь наслаждаясь поездкой все больше и больше и желая, чтобы она никогда не заканчивалась. Он не упадет, у него есть крылья, если они ему понадобятся, - но одно он знал точно: полеты на "Малыше" - это жизнь.

Он только задавался вопросом, где он будет держать ее, когда они снова вернутся домой. Дракон был слишком велик, чтобы поместиться в гараже. Он решит эту проблему, когда перейдет через мост. Может быть, если они с Малышкой Доррит подружатся, то смогут спать вместе?

"Не беспокойся обо мне", - сказал Малыш.

И-Зи сделал двойной дубль.

"Эм, да, я могу читать мысли. Не всегда и не у всех", - сказал Малыш. "Я сама разберусь с тем, как мне спать. А что касается "Крошки Доррит", что ж, единороги и драконы обычно не ладят друг с другом - но я готова попробовать".

Малыш высадил их и улетел в ночь.

И-Зи вспомнил о дяде Сэме, но он слишком устал, чтобы что-то предпринять. Он позвонит ему утром. Конечно, все было бы хорошо.

ГЛАВА 4
ПОКИДАЯ АВСТРАЛИЮ

Н а следующее утро, пока E-Z и Лачи готовились к путешествию, они болтали и узнали друг друга получше.

"Мне нужно подзарядить телефон и позвонить дяде Сэму. Я бы хотел сделать пит-стоп, чтобы сделать и то, и другое, прежде чем мы покинем Австралию".

"Без проблем, так как я тоже хочу забрать кое-какие припасы. Мы можем сделать все одновременно. Я буду ходить по магазинам, а ты сможешь зарядить телефон и позвонить дяде. Есть что-нибудь, о чем я должен знать?"

"Просто мне приснился странный сон. Заставил меня захотеть проверить его, чтобы не волноваться понапрасну".

"Справедливо", - сказал Лачи, укладывая некоторые кухонные принадлежности, чтобы они были в безопасности до его возвращения. "Я точно буду скучать по этому месту".

"Я знаю, и по твоим друзьям тоже, но ты заведешь новых, и все сделают так, что ты будешь чувствовать себя как дома. К тому же ты вернешься, не успеешь оглянуться".

"Вот что меня беспокоит. Что, если я не захочу возвращаться? Что, если я привыкну к тому, что рядом есть люди? К тому, что меня балуют удобствами?" Он сделал паузу, когда две сороки приземлились, по одной на каждое его плечо. Птицы легонько клевали его уши, словно шептались с ним. Лачи улыбнулся, и они улетели.

"Что они сказали?" спросил И-Зи.

"Да ничего особенного. Они просто сказали, что любят меня и будут по мне скучать". Вниз прилетел ворон и приземлился ему на плечо. "Это мой приятель Эрролл".

"Приятно познакомиться с тобой, Эрролл", - сказал E-Z. "А как вы двое стали друзьями?"

Лачи рассмеялся. "Забавно, что ты об этом спросил. Эрролы существуют уже очень давно. На самом деле его дедушка много раз был домашним животным для того, кто может быть твоим дальним родственником. Это если ты родственник Чарльза Диккенса?"

И-Зи наклонился и кивнул. Теперь Лачи определенно полностью завладел его вниманием.

"У Чарльза Диккенса был домашний ворон, которого звали Грип. Согласно историям, передаваемым из поколения в поколение, именно Грип вдохновил Эдгара Аллана По на написание его самой известной поэмы под названием "Ворон"".

"Вау, это так круто!" воскликнул E-Z.

"Птицы - суперразумные существа. Как и старейшины коренных народов, которые взяли меня под свое крыло, когда я только прибыл в глушь. Они научили меня читать и писать, готовить еду. Они также научили меня распознавать и избегать ядовитых представителей флоры и фауны.

"Я каждый день чему-то учусь у существ, которых встречаю и с которыми разговариваю. Они говорят, что в старые времена все могли разговаривать с животными - не только я, -

но что-то изменилось. Они думают, что это произошло в наших мозгах, но что бы ни случилось со всеми остальными, со мной этого не произошло".

"А как они узнали, что ты другой?"

"Они говорят, что слышали обо мне, когда я родился и когда стал мальчиком в коробке. Еще до того, как я родился, слухи обо мне шепотом разлетались по всему миру. Они ждали меня, так они мне говорили, очень долго".

"Как долго?" поинтересовался E-Z.

"Не хочу показаться пустоголовым, но говорят, что обо мне знал Моцарт - у него был домашний скворец, и жил он в XVII веке. Это более позднее время. До него это можно проследить по Вергилию в 70 году до н. э. А ты знал, что у него была домашняя муха?".

"Правда? Муха - домашнее животное?"

"Я разговаривал с кустовой мухой, которая была родственницей Вергилия - его звали Леонард, или сокращенно Лео, и он все подтвердил". Лачи поднял горшок и спрятал его в кустах вместе с другими вещами. "Я также пообщался с родственником попугая Эндрю Джексона. Птицу

Джексона звали Пол - это был подарок для его жены - и она была мужского пола, но так как его родственница была женского пола, ее звали Полли. У нее было странное чувство юмора!"

"Похоже на то. Надеюсь, мы еще поговорим, но мне нужно расспросить тебя о твоих особых способностях, и мы скоро отправимся в путь, это если ты все надежно спрятал".

Лачи кивнул: "Конечно. Почти все готово. Нужно только закрепить еще несколько вещей. А пока почему бы тебе не рассказать мне сначала о себе".

"Ну, ты уже видел меня и мое кресло в действии - да, мы можем летать. У моего кресла есть особые способности, помимо полета оно может захватывать преступников, и у него есть вкус к крови. Мы пара, мое кресло и я, как Бэтмен и его Бэтмобиль".

"Круто!" сказал Лачи. "Но вот насчет крови это как-то странно".

"Waste not want not, не знаю, кто это сказал, но мой стул, похоже, с этим согласен. Вместо того чтобы позволить ей капать в землю, оно ее впитывает".

"Нашим первым спасением была маленькая девочка - мы спасли ее от того, что ее сбила машина. Потом мы спасли самолет, полный пассажиров. Я не хочу хвастаться и уверен, что ты понял суть. Помогая другим, я обнаружил, что теперь я суперсильный, и мой стул тоже. О, и мы стали пуленепробиваемыми".

"Ты имеешь в виду, что люди стреляли в тебя?"

"Да, у нас было несколько ситуаций, связанных с оружием. Теперь твоя очередь".

Моя самая удивительная сила, как ты уже убедился, - я могу разговаривать с любыми существами, вообще с любыми. Собственно, вчера, когда ты думал, что разговариваешь с Малышкой, ты вроде как и разговаривал, но если бы меня здесь не было, она бы говорила тарабарщину. Она общается с тобой через меня. Я как сеть, сеть безопасности. Я могу отключить ее или открыть в зависимости от того, что решу.

"Когда я был в клетке, животные сидели снаружи и болтали. Иногда мне казалось, что они общаются со мной, но потом я думал, что, возможно, схожу с ума. Однажды через прутья моей клетки влетел таракан и сказал, что может помочь мне выбраться, если я этого хочу.

"Фу, ненавижу тараканов. Хотя никогда не слышал о летающих тараканах".

"На самом деле они довольно умные и обладают огромным инстинктом выживания - я имею в виду, что они съедят что угодно".

"Жаль, что они не съели тех, кто поместил тебя в эту коробку". E-Z на мгновение задумался. "Почему ты не позволил ему попытаться спасти тебя? Ведь тебе нечего было терять".

"Как там в старой поговорке: "Лучше дьявол, которого ты знаешь"?".

"Я понял, значит, ты не боялся людей, которые тебя держали?"

"На самом деле это была не коробка - это была клетка. Но звучит лучше, если они называют это коробкой. Кроме того, они никогда не причиняли мне вреда. Они держали меня накормленным и политым. Заменяли газету. И я никогда не видел, кто они на самом деле, так как они носили маски".

"Я не понимаю, зачем они вообще держали тебя там".

"Этого я вряд ли когда-нибудь узнаю. И я не стал задерживаться, чтобы получить ответы, как только они меня выпустили".

"И как это происходило?"

"Они выделили мне комнату в том же доме. Прислали милую женщину, чтобы она присматривала за мной. Я никогда не выходил за пределы дома. Для меня это было слишком страшно".

"Ты мог разговаривать? Я имею в виду, если ты навсегда остался в клетке, то остались ли у тебя воспоминания о том, что было раньше? О своих родителях?"

"Я не люблю говорить об этом. Прошлое - это прошлое. Я не могу его изменить. Я всегда смотрю вперед. Но я родился не в клетке. Иногда мне кажется, что я помню, как ходил в школу. Но это мог быть и сон. В некоторые дни трудно отличить одно от другого".

E-Z напомнил себе, что нужно позвонить дяде Сэму.

"Итак, как ты оказался здесь, живешь с животными и на сто процентов предоставлен самому себе? Думаю, ты не скучаешь по людям?"

"Нельзя скучать по тому, чего не помнишь. Что касается животных, то не я их выбрал, а они выбрали меня. Они пришли в дом, как будто знали, что я больше не в клетке, и ждали, когда я выйду. Они уже знали, что я могу с ними разговаривать, понимать их - но я не знал, что могу, пока не попытался это сделать. Тогда для меня открылся целый мир, и я должен был стать его частью. Я больше не был одинок. Тогда-то они и предложили забрать меня к себе и держать в безопасности. Теперь ты в курсе истории Лачи".

"Это удивительная история. Итак, разговор с животными. Что-нибудь еще ты открыл для себя?"

"Ну, да. Но это довольно новое".

"Расскажи мне об этом".

"Будет лучше, если я тебе покажу".

"Хорошо", - сказал E-Z.

Он наблюдал за тем, как Лачи встал и пошел к ближайшему эвкалиптовому дереву. На секунду он замер рядом с деревом, а затем шагнул вперед, оказавшись перед толстым стволом дерева. Затем он исчез.

"Что за?"

Лачи переместился на другую сторону дерева, затем снова вернулся к стволу.

"О, так ты невидимка?"

"Нет, смотри внимательнее". Он отошел от дерева. "Продолжай следить за моими глазами".

E-Z так и сделал, и он мог видеть глаза Лачи в стволе дерева, но не мог видеть Лачи. "Подожди минутку", - сказал E-Z. "Я понял. Это камуфляж - ты хамелеон. Вот это да!"

Лачи рассмеялся, затем вернулся на свое место.

"Как ты это обнаружил? Это действительно крутая способность. Ты можешь слиться практически с любым местом, и никто никогда об этом не узнает!"

"После того как я некоторое время жил с существами - не видел ни одного человека, - однажды здесь проходила группа пеших туристов. Я побежал, чтобы забраться на дерево и спрятаться, но у меня не было достаточно времени - поэтому я просто остановился у ствола дерева и не шевелился. Они прошли мимо меня, как будто меня не существовало. Я не мог понять, в чем дело. Птица приземлилась мне на плечо, а змея проползла по ноге. Они могли видеть меня, а люди - нет. Тогда я понял, что я хамелеон".

"И каково это? Я имею в виду, когда ты переходишь в режим камуфляжа?"

"Это не ощущается как что-то другое. Это просто происходит".

"Круто. Ну, хочешь узнать об остальных членах команды и о том, какие навыки они привносят в работу?"

Лачи кивнул.

"Тебе понравится Лия. Она зрячая. Ее глаза находятся в руках, и она может видеть сейчас, в сознание некоторых людей, а иногда может заглянуть в будущее, что произойдет. Эта часть ее силы, похоже, растет. Конечно, есть еще и возрастной момент. Когда мы впервые встретились, ей было семь, а сейчас ей двенадцать".

"Это очень круто", - сказал Лачи. "И я слышал, что ее мама и твой дядя Сэм..."

"Не возражаешь, если мы пойдем. От одного только слышания имени Сэма мое беспокойство снова растет".

"Не беспокойся", - сказал Лачи. Он свистнул, и Малыш приехал, и они полетели в ближайший город, где Лачи забрал несколько вещей, E-Z подключил свой телефон к зарядному устройству и, когда тот достаточно зарядился, сразу же набрал номер Сэма.

Ответа не последовало, вместо этого звонок сразу попал на голосовую почту Сэма. Он попробовал набрать номер Саманты, и она сразу же ответила. "Привет, это E-Z, дядя Сэм свободен?".

"Конечно, E-Z, подожди секунду". Какой-то шепот. "Привет, малыш", - сказал Сэм. "Где ты сейчас находишься, уже летишь над океаном?"

"Э-э, просто проверяю, все ли у тебя в порядке", - сказал E-Z. "Если да, то скажи, пожалуйста, кодовое слово".

"Губка Боб Квадратные Штаны", - сказал дядя Сэм.

"О, слава богу", - сказал E-Z. "Мне снился странный сон, что ты у Фурии".

"А, к нам пришли друзья, и мы как раз готовимся сесть за стол и окунуть кое-что в фондю. У нас есть шоколад с фруктами, сыр с овощами и сыр с хлебом и мясом. Это довольно большой выбор, и у нас есть несколько видов вина. Близнецы уже легли на ночь".

"Э-э, это звучит..."

"Мне пора идти, E-Z, скоро увидимся. Береги себя".

"Мой дядя в порядке, и они устраивают фондю - звучит как небольшая вечеринка".

"Что такое фондю?" спросил Лачи.

"Это кастрюля, в которой ты растапливаешь что-то, а потом макаешь в это другие вещи. Например, макаешь клубнику в шоколад или кусочки хлеба в сыр. И ты прав, они сейчас женаты, а недавно у них родились близнецы, так что дом довольно полный и шумный".

"Ооо, звучит аппетитно", - сказал Лачи.

С полностью заряженным телефоном E-Z, припасами Лачи, надежно упрятанными на спине Малыша, пара вылетела из Австралии. Они болтали на ходу. После нескольких часов полета они не увидели ничего интересного и с урчащими желудками готовились к посадке, чтобы поесть и сходить в туалет.

"Нам все равно скоро придется приземлиться, чтобы пообедать - к тому же я уже умираю от голода! И, кстати, поздравляю тебя!"

"Спасибо! Мы можем остановиться на Гавайях, чтобы съесть чизбургеры и картошку фри", - предложил E-Z.

"Не знал, что гавайцы специализируются на бургерах и картошке фри".

"Они являются частью США, так что чизбургеры и картофель фри - не говоря уже о густых коктейлях - отличные традиционные блюда, которые ты можешь попробовать, и я гарантирую, что они тебе понравятся".

"Я не ем мясо. Коровы тоже люди".

"У них есть что-то на вегетарианской основе, это все равно чизбургер, и он тебе понравится. О, ты ведь не имеешь ничего против того, чтобы пить коровье молоко?".

"Нет, не имею".

"Ладно, кресло и Малыш - пойдем в ближайшую чизбургерную, где подают и вегетарианские бургеры", - предложил E-Z, когда его урчащий желудок дал о себе знать.

"Вперед!" крикнул Лахлан, пока Малыш искал подходящее место для приземления.

ГЛАВА 5
BRANDY

Л ия и ее спутница-единорог Литтл Доррит летели сквозь облака.

Лия оценила грациозные, но быстрые движения своего летающего спутника. Вместе они придумали игру под названием "Перепрыгни облака". В зависимости от типа облака они прыгали либо над ним, либо под ним, либо сквозь него. Прыгать через него было веселее всего.

"Мне нравится, когда мы оказываемся внутри облака", - говорит Лия. "Я протягиваю руку, чтобы потрогать его, но там ничего нет".

"Похоже, торговый центр внизу - это то место, куда мы направляемся", - сказала Малышка Доррит, прежде чем совершить тройной прыжок, пройдя над, потом под, потом через то же облако.

"Уиииии!" воскликнула Лия.

"Спасибо, спасибо", - сказала единорожка, указывая вниз.

"Покупки, да?" сказала Лия, осматриваясь. Это был большой торговый центр, длиной почти в квартал. "Надеюсь, мне не понадобится много денег, но мама дала мне свою кредитную карту на случай, если она понадобится".

"Бренди стоит в проходе продуктового магазина, наполняя тележку, чтобы скоротать время. Нам лучше поторопиться, а то ее мама скоро начнет ее искать", - сказал единорог.

"Это очень круто, что ты можешь вот так точно определить ее местоположение. Не могу дождаться встречи с ней и узнать больше о ее способностях", - сказала Лия, обхватывая руками шею Литтл Доррит, чтобы подготовиться к приземлению. "Я всегда хотела иметь старшую сестру, так что это, возможно, мой единственный шанс".

"Свистни, когда я тебе понадоблюсь", - сказала Малышка Доррит, когда Лия сошла на землю, - "и я встречу тебя прямо здесь".

Лия вошла в торговый центр через распашные двери. Сразу же она увидела девушку, которая, как она надеялась, была Бренди, толкающую тележку в продуктовом магазине. Судя по описанию Розали, это должна была быть она.

Девушка была одета небрежно, в серую толстовку с капюшоном. Она была частично застегнута, но достаточно открыта, чтобы показать красную футболку I Love Music, которая была под ней. На карманах ее черных джинсов были наклейки с музыкальными нотами. Ее холщовые кроссовки были подобраны в тон футболке.

Лия несколько мгновений наблюдала за девушкой, прежде чем подойти к ней. Она чувствовала себя немного запуганной. Как будто она встречалась со знаменитостью. По ее мнению, Бренди излучала стиль и крутизну.

Приближаясь к ней, Лия представляла, что когда-нибудь они станут подружками. Они будут вместе ходить в торговый центр. Будут вместе покупать одежду. Может быть, Бренди даже поможет ей выбрать новую всеамериканскую одежду.

"На что ты уставилась, малышка?" спросила Бренди тоном, который нельзя было назвать дружеским или сестринским. Затем она полным махом отмахнулась от рук Лии.

"Это очень грубо", - воскликнула Лия. "Неужели тебя никто не учил хорошим манерам?" Она повернулась спиной к крутой девчонке. Затаив дыхание, она досчитала до десяти, затем снова повернулась к ней лицом. "Розали бы стыдилась тебя".

"Ты знаешь Розали?"

"Да, я Лия, и я не могу видеть тебя без своих глаз, которые находятся в моих руках". Лия снова подняла руки.

"Вау!" воскликнула Бренди. "Я думала, что я странная, но парень, то есть Лия, ты просто супер". Она засунула руки в карманы. "Но любой друг Розали - мой друг".

"Спасибо", - сказала Лия. "Куда мы можем пойти, чтобы поговорить?"

"Не могу сказать, что у нас с тобой может быть общего - кроме Розали", - сказал подросток, толкая троллейбус дальше, оставляя Лию позади.

Лия поборола рыдания, но смогла вымолвить слова: "Нам нужна твоя помощь, потому что Розали мертва".

Бренди остановилась и глубоко вздохнула, по ее щеке потекла слеза, которую она отвернулась и смахнула. "Следуй за мной, малыш". Она бросила тележку, включая все предметы в ней, и они дошли до будки, расположенной прямо внутри торгового центра, и сели.

"Мне стакан воды", - сказала Лия. "Без льда, пожалуйста".

"Давай, малыш, живи опасно. Она будет Root Beer Float - и пусть будет два". После ухода официантки: "Тебе понравится, не волнуйся. А теперь расскажи мне поподробнее, почему ты здесь, и поведай, что случилось с этой милой леди Розали".

"Во-первых, что Розали рассказала тебе обо мне, о нас?"

"Ничего. Я знал, кто она, и знал, что она присматривает за мной. Сначала я думал, что она ангел, потому что она могла разговаривать со мной внутри моей головы, как когда я молился в детстве. Потом я понял, что она была реальным человеком, таким же, как я, и теперь она умерла. Я бы хотел помочь найти тех, кто ее убил, - если ты здесь именно для этого, то я в деле. Забавно, но я думаю, что теперь она ангел, который все еще присматривает за мной".

"Я тоже", - сказала Лия. "Точно".

"Итак, как это произошло?" спросила Бренди. "Если это не бесчувственная тема, чтобы спрашивать о ней. Я всегда считаю, что лучше всего говорить о странностях, которые делают нас теми, кто мы есть. Если у меня есть свои странности, то поверь мне. У всех они есть.

"Моя мама отчитала бы меня за то, что я задал тебе такой личный вопрос. Но я люблю переходить к делу. У тебя всегда были глаза на руках? Я бы подумал, что за тобой гоняются журналисты и фотографы, люди хотят поговорить с тобой, услышать и рассказать твою историю, чтобы продавать журналы и газеты."

"О, - сказала Лия, - большинство людей больше интересуются знаменитыми вымышленными персонажами, такими как Гарри Поттер, чем реальными людьми. Если бы Гарри Поттер был настоящим, люди бы избегали его или дразнили. Однако в его мире он был героем, поэтому его шрам стал частью его истории. Это делало его более человечным для нас, поэтому мы могли отождествлять себя с ним. Но ни один ребенок не хочет выделяться, потому что в этом мире различия не всегда ценятся.

"Забавно, что мы можем относиться и сопереживать вымышленным персонажам и не признавать настоящих героев в нашей повседневной жизни".

"О, брат, - сказала Бренди, - ты немного зануда, не так ли? Как будто разговариваешь с двадцатилетним пацаном".

"Извини", - сказала Лиа. "Я перешел от семи к десяти и двенадцати за короткий промежуток времени. У меня не было времени на адаптацию".

"Это нормально", - сказала Бренди. "И в принципе я бы с тобой согласилась, малыш, но с тех пор, как в эфир вышло Reality Tv, нас интересует жизнь обычных людей. То есть обычных, но богатых людей, таких как Кардашьяны. Я их не смотрю, но миллионы людей смотрят".

Принесли их напитки. Бренди сначала съела вишенку на верхушке своей, а потом спросила Лию, хочет ли она свою. Когда Лия ответила "нет", Бренди сняла ее и засунула прямо себе в глотку.

"Выпей глоток. Если ты попробуешь, тебе точно понравится".

Лия сделала большой глоток через соломинку, и ее лицо засветилось. "Это действительно вкусно!" Затем она помешала мороженое соломинкой, обдумывая, что сказать дальше.

"Что касается меня, то я родилась с глазами, которые отлично работали. Но в результате несчастного случая я ослепла, и когда я очнулась, у меня были эти глаза, а еще у меня было то, что называют зрением. Я могу видеть, о чем думают люди, именно так мы с Розали впервые начали общаться. Время для меня течет не так, как для всех остальных, но я уже давно не пропускаю ни одного года. А еще, когда проходит время, я иногда могу видеть, что произойдет со мной и с другими, ну, ты понимаешь, в будущем".

"Ты знал, что Розали умрет, до того, как это случилось?"

"Нет, не знал. Это приходит и уходит. Иногда оно вообще не срабатывает. Это не на сто процентов надежно. Кстати, я не могу читать твои мысли, если тебе интересно".

"Хорошо. Знать, что ты можешь читать мои мысли, было бы очень жутко", - сказала Бренди, сделав огромный глоток, который ударился о дно емкости и издал звук "вот и все ребята". "Я бы с удовольствием выпила еще одну, но не буду", - сказала она. "Лучше всего соблюдать умеренность, потому что если мы будем постоянно баловать себя вещами - вещами, которые, как нам кажется, мы действительно хотим, - то не будем ценить их так сильно".

"Очень мудро", - сказала Лия. "Можешь взять остатки моего, если хочешь".

"Было бы обидно пустить все на самотек".

Две девушки некоторое время молчали, пока телефон Бренди не завибрировал. "Моя мама скоро приедет, чтобы присоединиться к нам".

"Как она узнала, где мы находимся?"

"Так, у нее есть свои способы, то есть трекер на моем телефоне".

"И ты не против?"

Нет. Я исчезал несколько раз, но всегда возвращался в торговый центр. Чаще всего, когда я ухожу, она ни о чем не догадывается. Пока я не позвоню и не попрошу ее заехать за мной сюда. Обычно это ее первая подсказка - мое сообщение или звонок. Приложение избавляет ее от необходимости беспокоиться обо мне. Наверное, нелегко иметь дочь, которая может умереть и снова ожить".

Приехала мать Бренди, и состоялось знакомство. Они рассказали ей истории Розали и Лии и ввели ее в курс дела, которое они обсуждали до сих пор.

"Что вы, девочки, планировали?" - спросила она. "Ты выглядишь так, будто можешь затеять что-то нехорошее".

"Просто избыток сахара", - ответила Бренди, ухмыляясь. "Лия как раз собиралась рассказать мне, для чего я им нужна".

"Итак, ты объяснила, в чем заключается твоя повторяющаяся ситуация?"

"Вкратце. Я еще не дошла до этого, мама, она только сейчас рассказала мне об аварии и о том, почему у нее глаза на руках".

Подошла официантка, и мама Бренди заказала кофе. Она тут же вернулась с кружкой, которую и наполнила. "Пополнение бесплатно", - сказала официантка. "Просто подержи свою кружку, когда она опустеет, и я сейчас подойду, чтобы наполнить ее снова".

"Спасибо", - сказала мама Бренди.

"Я бы с удовольствием послушала об этом", - сказала Лия, зачесывая волосы за ухо. Ей нравилось, как Бренди и ее мама общаются друг с другом. Они были ужасно близки; это можно было понять по тому, как они постоянно прикасались друг к другу. Их близость заставила ее вспомнить все те времена, когда ее мать работала по ночам и выходным, и ей приходилось во всем полагаться на Ханну, ее няню. Теперь все было иначе, когда они были здесь и ее мать была замужем за Сэмом, но новые дети, похоже, отнимали у ее матери много времени.

Бренди проболталась: "В первый раз я умерла, когда была маленькой. Это случилось в этом самом торговом центре. В одну минуту я была мертва, а в следующую - снова жива. Как я тебе уже говорила, я всегда оказываюсь здесь. Вот как сильно я люблю этот торговый центр".

"Забавно", - сказала Лия.

"Я действительно люблю ходить по магазинам!"

"Это точно!" сказала мама Бренди, когда ее дочь отозвала официантку и попросила стакан воды со льдом.

"Пусть будет два стакана воды", - сказала Лия.

Поскольку она уже была там, официантка долила кофе в чашку матери Бренди.

Лия чувствовала, что сейчас или никогда - она должна перейти к делу. Было уже поздно, и Малышка Доррит ждала.

"E-Z, который является нашим лидером, находится в инвалидном кресле и может спасать людей, даже самолеты, полные пассажиров. У него суперсила и скорость, и у него, и у его инвалидного кресла есть крылья.

"Альфред - лебедь-трубач, у него есть ESP, плюс он может возвращать людей и существ к жизни. Кроме тебя, есть еще двое детей, которых мы добавим к группе, плюс кузен И-Зи Чарльз - так что всего нас будет семеро".

"А, счастливая семерка", - сказала мама Бренди.

Лия продолжила: "После того как ты все выслушаешь, если ты согласишься помочь нам в борьбе с Фуриями, твоя жизнь будет в опасности.

Это три злые сестры - богини, которые убили Розали".

"Злые, да? Убийство Розали было трусливым поступком! Она бы и мухи не обидела!" сказала Бренди.

"Эта информация является публичной?" поинтересовалась мама Бренди. "Все это звучит так, будто выдумано".

"Зачем они это сделали?" спросила Бренди. "Что они получат за убийство такой милой старушки, как Розали?"

"Они используют детей. Убивают детей", - сказала Лия.

И Бренди, и ее мать перестали пить.

"Это сложно объяснить, но я постараюсь сделать все возможное. Когда мы умираем, наши Души направляются к ожидающим их Ловцам Душ - месту нашего вечного упокоения. У каждого из нас есть свой уникальный Ловец Душ - поэтому мы никогда не можем умереть. Наши души живут дальше. Это не тот рай, который мы себе представляли, но он реален, и фурии убивают невинных детей - и помещают их в ловцов душ, которые принадлежат другим людям.

"На самом деле, когда Розали умерла, ей некуда было деть свою душу. К счастью, наши друзья Хадз и Рейки - они подражатели ангелов - смогли захватить душу Розали. Они будут хранить ее в безопасности, пока мы не уничтожим Фурий и не наведем порядок со всеми ловцами душ. Как только мы их уничтожим, архангелы придут на смену и исправят тот беспорядок, который они устроили. Все снова вернется в нормальное русло".

"Я думала, что архангелы - злодеи", - сказала Бренди. "Откуда нам знать, что им можно доверять? И почему мы хотим им помочь?".

"Это очень большая просьба к вам, дети", - сказала мама Бренди.

"Это очень длинная история. Мы сможем рассказать ее вам со временем. Но сейчас нам нужно вернуться в штаб-квартиру. Это наш дом. Как только мы все окажемся под одной крышей, мы сможем все объяснить и придумать план".

"Я в деле", - сказала Бренди. "Я уже была у тебя, когда ты сказал, что они убили Розали, но теперь я знаю, что они убивали и невинных детей, что ж, позволь мне на них посмотреть". Она подняла свой стакан с водой и произнесла тост вместе с Лией.

"Подожди, - сказала мать Бренди, - если архангелы не могут победить эту тварь, то как они могут ожидать, что вы, дети, сможете..."

"Мам", - Бренди похлопала ее по руке. "Я не такая, как другие дети. Похоже, мы - кучка неудачников, с особыми способностями, и я впишусь в эту компанию. Неудивительно, что архангелы попросили нас помочь им.

"Розали собрала нас всех вместе, чтобы мы могли сформировать команду. Если бы она была здесь, то была бы с нами в команде. Теперь она с нами в духе. Вместе мы станем силой, с которой придется считаться.

"Кроме того, мы должны убедиться, что Розали вернули место ее вечного упокоения. Все происходит не просто так, разве не ты всегда мне это говоришь?"

"Итак, что будет дальше?" - спросила ее мама.

"Нам нужно быть вместе, а дом И-Зи достаточно большой для всех нас. Остальные и Чарльз Диккенс - долгая история - встретят нас там".

"Не тот Чарльз Диккенс?"

"Единственный и неповторимый, но ему всего десять лет. Он прибыл и был обнаружен двумя Детекторами в Лондоне, Англия. Его отправили обратно на Землю не просто так. Помимо того, что он и E-Z - двоюродные братья. Он - один из нас. Вместе мы собираемся победить этих сестер и снова исправить мир".

"Поехали!" сказала Бренди. "Мама держит мой рюкзак в машине, и в нем есть все самое необходимое. У меня всегда есть сумка, собранная на всякий случай. Она уже не раз пригождалась. Полагаю, в доме есть стиральная машина и сушилка? О, и фен?"

"Да, да и да", - сказала Лия, а потом свистнула.

Бренди и ее мать закрыли уши. "Что это было?"

"Пойдемте на улицу, я познакомлю вас со своей подругой Малышкой Доррит - она единорог, - и заодно вы сможете взять свою сумку". Они вышли из дверей, и она указала на небо, где единорог заходил на посадку.

"Погоди-ка, - сказала Бренди, - мы собираемся ехать через всю страну на единороге?"

Мама Бренди нахмурилась. Она почувствовала обморок, а ноги стали похожи на пережаренные спагетти.

"Подойди и погладь ее", - сказала Лия. "Малышка Доррит, это Бренди и ее мама".

"Ее мех чудесный и мягкий", - сказала мама Бренди.

"Хочешь, подвезу тебя до машины?" спросила малышка Доррит.

"Нет, спасибо", - ответила мама Бренди. Затем обратилась к дочери: "Не знаю, как я объясню это твоему отцу. Возможно, вам всем стоит пойти со мной домой, и вместе мы все объясним и решим, можешь ли ты пойти..."

"Я должна пойти", - сказала Бренди. "Это моя судьба". Она обняла свою мать.

"Тебе поможет, если ты поговоришь с моей мамой?" спросила Лия, и, не дожидаясь ответа, она быстро набрала ее номер, объяснила ситуацию и передала свой телефон маме Бренди, которая поболтала с Самантой, а затем передала трубку обратно.

В следующее мгновение они втроем уже летали по парковке в поисках машины, а внизу люди сигналили, фотографировали на телефоны и сталкивались с машинами и троллейбусами.

"Вот она, - сказала мама Бренди.

Малышка Доррит приземлилась и соскочила. "Подожди здесь, а я возьму сумку дочери".

Она вернулась и бросила ее Бренди. "Спасибо, что подвезли", - сказала она малышке Доррит. Бренди она сказала: "Бренди звони домой. Ежедневно. Как Инопланетянин". Она послала ей поцелуй. Затем обратилась к Лии: "Было приятно познакомиться".

"Тебе тоже", - сказала Лия, когда Литтл Доррит поднялась с земли. "Не волнуйся, мы обеспечим безопасность твоей дочери".

Мама Бренди смотрела, как они улетают, пока не перестала их видеть. К тому времени все любопытные парковщики нашли себе другое занятие, поэтому она села в машину и поехала домой.

Она поехала домой длинной дорогой. Ей нужно было подумать, как она объяснит все это отцу Бренди.

ГЛАВА 6
HARUTO

Альфред ждал у входа в кафе, пока хозяин, который ожидал нового клиента. Бабушка Харуто не упомянула, что клиент - лебедь-трубач. Когда хозяин увидел Альфреда, он отвел его за столик далеко в глубине.

Альфред был не против оказаться в стороне от дороги. На самом деле он предпочитал это место, так как там висела табличка, запрещающая держать домашних животных, - не то чтобы лебеди считались домашними животными в Японии или где-либо еще в мире, о чем он знал.

Сидя в тишине и ожидая прихода отца Харуто, он воспользовался бесплатным WI-FI в кафе и узнал несколько действительно интересных вещей о культуре кафе в Японии. Как и в Йокогаме, здесь были кафе для любителей кошек и одно, посвященное ежам.

Через пятнадцать минут в кафе вошел мужчина. Альфред сразу понял, что это отец Харуто, так как тот быстро продвинулся к его столику.

"Naze watashitachiha daidokoro no chikaku ni iru nodesu ka?" - спросил он у хозяина кафе (что в переводе означает: "Почему мы находимся рядом с кухней?".

"Kare wa hakuchōdakara!" - ответил хозяин, прежде чем отойти от стола (что в переводе означает: потому что он лебедь!).

Когда через несколько минут он вернулся с подносом, наполненным Bubble Tea, хозяин сказал: "Mōshiwakearimasen" (что в переводе означает: извините).

"Ī nda yo", - с улыбкой ответил отец Харуто (что в переводе означает: "Все в порядке").

Чай Альфреду подали в пиале, достаточно большой, чтобы он мог просунуть в нее клюв. Его чай был холодным - хорошо, так как он не хотел обжечь язык или долго ждать, пока он остынет.

"Domo arigato gozaimasu", - сказал Альфред (что в переводе означает: большое спасибо).

"Iie", - ответил отец Харуто (что в переводе означает: не упоминай об этом).

Некоторое время они сидели молча, разглядывая друг друга и потягивая чай.

"Почему ты здесь?" резко спросил отец Харуто. "Моя жена боится, что ты хочешь забрать у нас нашего сына, а он у тебя не получится. Да, мы нашли его, но мы единственные родители, которых он когда-либо знал".

"Вау!" воскликнул Альфред. "Ничего не произойдет, если ты сам этого не захочешь. Кстати, у твоего сына отличный английский", - сказал Альфред. "Как и твой собственный".

"Лесть здесь тебе не поможет. Как я уже говорил, ты не можешь заполучить моего сына".

"Если бы Харуто мог помочь нам, спасти мир? Ты бы все равно отказался?"

"Харуто - всего лишь мальчик. А ты - лебедь. Что могут делать мальчики и лебеди, чего не могут мужчины? Ты не можешь получить его". Он скрестил руки.

"Что, если мы не сможем спасти мир без его помощи? Что, если он захочет нам помочь?"

"Харуто ничего не знает о жизни. Он не сможет помочь тебе. Найди кого-нибудь другого сына, кого-нибудь постарше. Того, кто родился, чтобы спасти мир. Только не мальчика. Не мой мальчик, Харуто. Ни сегодня, ни завтра, ни когда-либо еще".

"А что, если мы позволим ему самому решать?" сказал Альфред. "После того как я все объясню".

"Расскажи мне все сейчас. И я решу, что ему следует знать. Но сначала позволь спросить - почему вы думаете, что такой маленький мальчик, как мой сын, сможет вам помочь?"

"Мы думаем, что у него, как и у всех нас, есть дары, уникальные дары. Он не похож на других детей, не так ли? Когда Розали упоминала о нем, он был еще младенцем. Неужели он старел быстрее, чем другие дети?"

Отец Харуто покачал головой. "Когда мы нашли его пять лет назад, он был младенцем. Он вырос, как растет любой ребенок".

"О, простите. У Розали не было времени обновить или дополнить свои записи. Тем не менее, разве ты не хочешь, чтобы твой сын был с другими детьми, которые одарены так же, как и он? Он был бы одним из нас, принятым нами. И мы бы почитали его дары и защищали его".

"Ты намекаешь, что я не могу защитить своего собственного сына?"

"Нет, сэр. Я вовсе не говорю этого. Я хочу сказать, что он нужен нам, и, может быть, только может быть, мы нужны ему. Мальчик, который стоит один, никогда не сможет быть таким же сильным, как тот, кто является членом команды".

"Возможно, он одинок. Возможно, но он молод, и он вырастет из этого". Отец Харуто помолчал, прежде чем спросить: "В чем твой дар и кто враг?".

"У меня есть целительские способности, как для людей, так и для животных - в основном для последних. Я могу читать мысли. Лия может заглядывать в будущее. E-Z спасает жизни. способен исцелять больных и читать мысли. У нас даже есть супергеройский сайт, который я могу тебе показать, если ты хочешь увидеть все сам в качестве доказательства".

"Я уже видел ваш сайт", - сказал отец Харуто. "Вы известны как "Трое". Разве вы трое не достаточно сильны, чтобы справиться с любыми врагами, с которыми вы столкнетесь? Чем вам может помочь такой маленький мальчик, как Харуто? Он едва ли помнит, что нужно чистить зубы".

"Я это понимаю. У меня тоже был сын, когда я был человеком".

"Ты когда-то был человеком? Что случилось с твоим сыном?"

"Они умерли, а меня превратили в лебедя. Это длинная сложная история. Главное, что до недавнего времени мы не знали о существовании других детей. Это была Розали. Она была удивительной женщиной, обладающей способностью мысленно общаться с детьми. Она разговаривала с Лией, Харуто, Бренди и Лачи. Она собрала всех вместе и заплатила за это высокую цену. Фурии убили ее, когда она не стала раскрывать им информацию о детях. Без Розали мы бы не знали о существовании других и не были бы здесь, желая защитить твоего сына или прося его о помощи в победе над этими злыми сестрами".

"Меня послали поговорить с Харуто и объяснить, с чем мы столкнулись. Конечно, он может отказаться, ты можешь отказаться за него - но без него мы, возможно, не сможем одолеть злых богинь, известных как Фурии".

Хозяин предложил еще чаю. Альфред отказался, однако руки отца Харуто слегка дрожали, когда он поднял только что налитый чай и отпил глоток.

"Харуто - самый младший ребенок?"

Альфред кивнул.

"Расскажи мне о двух других новобранцах".

"Бренди умирает и возрождается. Лачи может говорить и быть понятым всеми существами".

"Эта Бренди каждый раз возрождается сама собой?" спросил отец Харуто.

"Это я так понимаю".

"Сколько ей лет?"

"Этого я точно не знаю, но полагаю, что она подросток. Почему это имеет значение?" спросил Альфред.

"Потому что неоднократное перерождение, оставаясь в человеческом облике, означает, что Бренди застряла на стадии обучения. Поэтому ей будет хорошо с другими людьми, которые более развиты, чем она. Она будет учиться у них, и, возможно, это поможет ей достичь следующей стадии".

Альфред в какой-то мере понял, но ничего не сказал.

"Мой сын не продвинет жизнь Бренди, поэтому я не позволю ему участвовать в этом поединке. Прости, что потратил твое время".

"Ну, я проделал весь этот путь - так что же мне будет больно, если я поговорю с ним, причем в присутствии тебя, твоей жены и матери. Дай ему возможность выбора. Пусть он сам решит. Если это ему не подходит, если ты считаешь, что он слишком молод или не готов, - мы поймем, - но, пожалуйста, хотя бы давай поговорим с ним об этом. Посмотрим, как много он сможет понять. Пусть он будет тем, кто скажет "нет" - тогда я вернусь в самолет, и ты больше никогда меня не увидишь".

"Ты лебедь, а летаешь на самолете?" - громко рассмеялся он. Другие посетители кафе присоединились к нему, хотя понятия не имели, почему он смеется. Они смеялись, потому что звук смеха отца Харуто был заразительным.

"Расскажи мне, что твоя команда намерена делать и почему. Тогда я буду решать. Если ты сможешь убедить меня, то, возможно, я позволю тебе попытаться убедить Харуто".

"Когда мы умираем, наши души покидают наши тела и отправляются на вечный покой в то, что называется Ловцом душ. Я знаю, что это отличается от того, во что мы верим, но это правда. Фурии убивали детей - детей, которые играли в компьютерные игры, - а затем помещали их души в Ловцы душ, предназначенные для других душ. Когда другие умирают, их душам некуда деваться".

Отец Харуто несколько мгновений молчал.

"Если он захочет, сын мой, Харуто поможет. Он расскажет тебе, в чем его талант. Он расскажет тебе, что он хочет, чтобы ты знал, и сам примет решение".

"Спасибо", - сказал Альфред.

Они встали, вышли из кафе и направились к дому Харуто. Когда они пришли, сразу же был подан ужин, и всех ввели в курс дела относительно миссии.

"Что будет с остальными душами? Если им некуда идти?" спросил Харуто, отложив палочки и сделав глоток воды.

"Этого мы точно не знаем", - ответил Альфред. Он взглянул на отца Харуто, который кивнул. "Но Розали. Ты помнишь Розали?"

"Да, я знал ее и знаю, что она умерла", - сказал Харуто. Он сел очень прямо: "Ты хочешь сказать, что у ее души нет дома? Как я могу помочь ей добраться до дома?"

"Я рад, что ты хочешь помочь, Харуто", - сказал Альфред. "Душа Розали надежно хранится у двух ангелов-подражателей, которые в прошлом помогали нам и E-Z. Так что пока с ней все в порядке.

"Прежде чем я объясню больше, мне интересно, какими особыми способностями ты обладаешь?"

Харуто встал, посмотрел на отца, который кивнул, а затем сказал. "Я очень быстро двигаюсь". И он начал кружиться, все быстрее, быстрее и быстрее, пока не исчез.

"Вау!" сказал Альфред. "Ты как исчезающая версия Тасманского дьявола!"

"Мы никогда не устаем видеть его в действии", - сказала его мама. До этого замечания она была заметно тише. "Вернись сейчас же, дитя", - сказала она. "Возвращайся".

Он появился тем же путем, что и исчез, только на этот раз они не видели, как он вертелся, пока он не появился снова. "Я снова голоден!" воскликнул Харуто. Он сел за стол, наполнил свою тарелку и с жадностью принялся за еду.

"Ты всегда хочешь есть?" спросил Альфред.

"Всегда", - ответил Собо, предлагая внуку еще еды. Он кивнул, слишком занятый едой, чтобы ответить.

После того как Харуто наелся до отвала, Альфред объяснил, что E-Z's будет служить штабом команды, или базой. Он замялся, подыскивая нужные слова, чтобы рассказать об опасности, которой они все будут подвергаться.

"Позвольте мне сказать, прежде чем вы согласитесь, что фурии - это злые, ужасные существа, которые наказывают детей, даже если те не сделали ничего плохого. Они лишают детей жизни, причем не за плохие поступки, а за плохие мысли, и похищают ловцов душ у других. Нам нужно остановить их и снова расставить все по своим местам. А они чрезвычайно опасные и могущественные богини".

Отец Харуто сказал: "Я запрещаю тебе идти!".

"Но, отец, ты учил меня, что мои поступки в этой жизни перейдут в следующую. Поэтому я должен сказать "да"". Он посмотрел на Альфреда и сказал: "Считай, что я согласен!".

"Харуто, как твои мать и отец, мы хотим, чтобы ты добился успеха - но мы хотим, чтобы ты был рядом с нами, а не на другом конце света с незнакомцами".

Харуто поднялся со своего места и обнял бабушку за шею. Вдвоем они шептались на японском, так что Альфред не мог понять.

"Собо говорит, что будет сопровождать меня, но она боится, что ее время близко. Если она умрет и не окажется в Японии, как ее душа найдет дорогу домой?"

"С нами работают несколько архангелов и помощников архангелов. Они оберегают душу Розали, и, если бы что-то случилось с твоей бабушкой, я уверен, они бы защитили и ее душу. Пока их ловцы душ не будут готовы".

"Я так горжусь тобой, - сказал Собо, - и мне будет приятно присоединиться к тебе во время полета. Я рад познакомиться с остальными детьми супергероев. У этого Собо будет еще много внуков". Она обняла Харуто.

Мать и отец Харуто присоединились к ней. Это было семейное объятие. По лицу Альфреда стекали слезы. Плачущий лебедь - самая печальная вещь на земле.

Когда они разошлись, посуда была собрана и поставлена мыться. Всем подали чай, кроме Харуто.

"Я соберу свою сумку", - сказал он. "Спокойной ночи".

"Я забронирую наши рейсы и сообщу тебе подробности", - сказал Альфред.

Он вернулся в отель и забронировал свой рейс. Затем он отправил все детали Чарльзу Диккенсу. Он надеялся, что Чарльз сможет встретить их в аэропорту Хитроу и они все вместе полетят к И-Зи.

После изнурительного дня Альфред прыгнул на свою кровать Queen Size. Он взбивал подушки и смотрел телевизор, пока наконец не провалился в сон.

ГЛАВА 7
В ПУТИ

Когда все дети направлялись к дому И-Зи, в воздухе витало ощущение энергии, называемой надеждой. Эта энергия, казалось, распространялась от одного конца света к другому. Настолько, что она достигла Фурий.

Три злые богини танцевали вокруг огня, который они создали в котле из костей умерших. Вверх поднялся многоголовый пылающий шар. Прямо на их глазах он разделился на три огненных шара.

Богини наполняли огненные шары все большей энергией, пока не стало казаться, что разъяренные сферы вот-вот взорвутся. Затем они отправили их в путь, чтобы найти и сокрушить надежду, которая жила в сердцах их врагов.

Первый огненный шар отправился в самый дальний путь, чтобы встретить и уничтожить E-Z, Лачи и Малыша. По пути огненный объект распадался, разрываясь от огромной скорости, пока не стал размером с шар для боулинга. Он нацелился на ничего не подозревающую троицу.

Благодаря модернизации Хадза и Рейки датчики инвалидного кресла E-Z предупредили его о приближающейся опасности. GPS зафиксировал неодушевленный предмет, который быстро двигался, направляясь прямо к ним.

"Что-то едет прямо на нас!" крикнул E-Z. "Давайте приземлимся и уберемся с его пути".

"Точно", - сказал Лачи, когда троица снизилась.

Но огненный шар следовал за ними, как будто у него был свой собственный маячок. Как бы низко они ни опускались, он неотступно следовал за ними.

Они остановились, зависнув, сгруппировавшись, - не зная, приземляться ли сейчас, или попытаться перехитрить его другим способом. Если они приземлятся, а тварь последует за ними, она может убить или ранить других. Они не хотели подвергать кого-то еще опасности из-за того, что оно преследует их.

"Что мы будем делать?" спросил Лачи.

"Вы с Малышом укроетесь, а мы с креслом разберемся".

"Мы тебя не бросим!" воскликнул Лачи, и Бэби кивнула.

"Хорошо, тогда становись за мной", - сказал E-Z. Он знал, что он и его кресло-каталка пуленепробиваемые, но защищены ли они от огненных шаров? Он собирался выяснить это через 5, 4, 3, 2, 1.

Малыш вытянул шею, издал рев, раскрыв пасть так широко, как только мог - и огненный шар угодил прямо в него. Глаза дракона выпучились, а губы задрожали, когда он сдерживал в себе огненного зверя. Затем он улетел, а Лачи, держась за его шею, полетел далеко-далеко, ища место, где он мог бы освободиться от того, что сжигало его изнутри.

Наконец они нашли место, где можно было безопасно сбросить его в море. Малыш открыл рот, и оно вылетело наружу. Все еще пылая, тварь каталась по воде, словно была полна решимости остаться в живых, но в конце концов сдалась и с шипением погрузилась в океан.

"Да!" воскликнул E-Z. "Так держать, Малыш!"

Малыш и Лачи вернулись к E-Z: "Что случилось?".

"Малыш был великолепен! Он сбросил огненный шар в море. Теперь это ничто иное, как еще один камень".

"Спасибо, Малыш", - сказал E-Z. "Это было слишком близко для комфорта".

"Согласен. И Малыш заслуживает угощения. Что-нибудь прохладное для его горла".

"Все, что захочет Малыш", - сказал E-Z. "Давай спустимся вниз и передохнем, прежде чем продолжить".

Лачи обнял Малыша за шею, и они пошли вниз, чтобы стряхнуть с себя первую и, как они надеялись, последнюю встречу с сумасшедшим огненным шаром.

"Как думаешь, это были "Фурии"?" поинтересовался Лачи.

"Не думаю, что они знают о нас. То есть они знают о нашем существовании, но не конкретно".

"Эта штука нацелилась на нас. Пыталась нас убить. Кто еще мог желать нашей смерти?"

"Ты прав, оно пришло прямо к нам. Возможно, это просто совпадение. Я надеюсь".

"Может, стоит предупредить остальных?"

E-Z посмотрел на свой телефон. У него было ноль полосок. "Моя команда может справиться сама, и я не хочу их пугать. Будем надеяться, раз уж это единичный случай".

* * *

Фурии послали второй пылающий диск в направлении Йокогамы. Самолет Альфреда и Харуто уже стоял на взлетной полосе, готовясь к взлету.

Огненный шар полетел в их сторону, но выбрал неудачный маршрут - пролетел мимо 59-футового робота, который протянул руку, поймал его, а затем раздавил. Пепел сгорел на платформе внизу.

В аэропорту самолет Альфреда и Харуто благополучно взлетел, и пара так и не узнала, что стала мишенью.

***

Третий и последний пылающий шар вылетел в направлении Феникса, штат Аризона. Он летал вокруг и вокруг, часами искал свою цель, но так и не смог ее найти.

Малышка Доррит была исключительным единорогом, в ее распоряжении был антиобнаружительный щит, и он всегда был наготове. В конце концов, защита своих пассажиров была ключевой ролью Литтл Доррит.

После бесцельного полета пылающий шар, вместо того чтобы распадаться со скоростью, увеличивался в размерах, пока не стал размером с комету. Затем он вернулся домой к своим законным владельцам - фуриям.

Огненный объект, не отличавший друга от врага, несколько часов гонялся за пронзительно кричащими Фуриями по Долине Смерти. Они спасались бегством, пока Тиси не наколдовал заклинание.

Сначала шар остановился в воздухе, и три богини с удовлетворением наблюдали, как он опускается в котел и покрывается грибным рагу.

Алли подлетела к нему и захлопнула крышку.

Затем Фурии откинули головы назад и стали танцевать, петь и смеяться.

Пока внутри котла не раздался хлопок. Как будто зерна попкорна нагреваются. Звуки становились все громче, по мере того как крышка котла вмялась изнутри и в конце концов поднялась настолько, что новорожденные огненные шары смогли вырваться наружу.

Маленькие огненные шарики, которым некуда было деваться, нацелились на фурий и стали преследовать их, пока те один за другим не угасали.

Поющие, измученные и раздраженные три богини позвали Эриэля, чтобы он пришел и помог им, но в этот раз он не ответил.

Пока он летел по небу один, так как Лачи и Малыш передвигались медленнее из-за побочных эффектов, возникших у Малыша после проглатывания огненного шара, E-Z оценивал свою команду. Пару раз в порядке очереди он получал сообщения, которые подтверждали, что они тоже думают о нем.

Лия прислала сообщение, в котором подтвердила способности Бренди, а Альфред сделал то же самое относительно способностей Харуто.

E-Z не ответил им взаимностью, сообщив о способностях Лачи. Вместо этого он хотел проверить, как он и его команда из семи человек (включая Чарльза) справятся с тремя могущественными, но злыми богинями.

Мысленно проведя инвентаризацию, он напомнил себе о достоинствах своей команды:

Я умею летать, мой стул тоже. Мы защищены от пуль, а я суперсильный. Я хороший лидер, я умен и обладаю сильной эмпатией.

Лия подстрекает, сопереживает, добра, умна, умеет читать мысли и заглядывать в будущее.

Альфред - сильный, умный и, как самый старший участник, мудрый с возрастом. Он умеет сопереживать, иногда читает мысли и может исцелять больных.

Лачи общается с существами. Он одиночка, но это не его вина. Он сопереживает, сообразителен. Он знает, как выжить вопреки всему, и его способность к маскировке пригодится.

Харуто - самый младший, но он тоже выживальщик. Он способен закрутить себя в невидимку.

Бренди умирала - несколько раз - и снова возвращалась к жизни. Она точно выживает.

Последний, но не по значению - Чарльз Диккенс. Его способности неизвестны. Но он умен, сопереживает и умеет приспосабливаться.

Используя свой телефон, когда у него было достаточно баров, он искал в интернете исторические документы, чтобы узнать, какими способностями могли бы похвастаться "Фурии":

Сверхчеловеческая сила.

Выносливость, включая высокую терпимость к боли.

Жизнеспособность.

Паукообразная ловкость.

Устойчивость к травмам и сверхбыстрая способность к исцелению.

Полет.

Перевоплощение - в форму другого человека.

Невидимость.

Они могли причинять боль своим жертвам.

Мэг могла выделять паразитов. УЖАС.

Погоди-ка, тут сказано, что фурии исторически олицетворяли правосудие. Там говорится, что в прошлом они вредили только злым и виновным... что добрым и невинным нечего бояться. Так что же изменилось? Почему они почувствовали необходимость убивать невинных детей, используя для этого игру?

Он читал дальше, задаваясь вопросом, как именно они убивают детей. Согласно легенде, фурии никогда не причиняли физического вреда обидчикам. Вместо этого они использовали чувство вины - чтобы свести их с ума.

Он вспомнил о мальчике, который пытался застрелить его. Они убедили его, что если он не будет делать то, что они говорят, то они причинят вред его семье. Ему было интересно, где сейчас находится тот парень. Находится ли он в одном из "Ловцов душ"?

Он продолжил поиски, чтобы выяснить, способны ли фурии на милосердие, и не смог найти никаких подтверждений этому.

Он добавил к списку то, что они уже знали - фурии были смертными. Это одна общая черта между ним и злыми богинями, и ему и его команде нужно будет найти способ использовать это в своих интересах.

Лачи и Бэби догнали E-Z.

"Как дела у Малыша?" - спросил он.

"Сейчас ему уже лучше", - ответил Лачи.

Бэби откинул голову назад, испустил рев и рванул вперед.

"Подожди меня!" крикнул E-Z.

"Подожди меня!" крикнул E-Z.

ГЛАВА 8
FURIES

С мерзким чувством надежды, все еще смердящим в воздухе, The Furies ждали. Они починили свою прожженную одежду и подстригли обгоревшие волосы. К счастью, змеи остались невредимы. Чтобы привести себя в презентабельный вид к приходу их неминуемого гостя.

Он был их благодетелем. Тот, кто вернул их на землю. Он предложил им устроить базу в незаметном сердце Долины Смерти.

До провала огненного шара они видели знаки. Знаки того, что теперь все оборачивается против них. Перемены были хороши, но только если они контролировали их. Их время наступало. Они должны были быть готовы действовать. Все поворачивалось в их пользу. Все, что им нужно было сделать, - это дождаться этого. А потом быть готовыми к нападению.

"Эриель", - шипела Мэг.

Архангел, их любимый лидер, наконец-то прибыл.

"Что нового?" спросила Тиси. "Нам противна вся эта надежда, витающая в воздухе".

"Да, эти надежды доводят нас до отчаяния", - пели Тиси и Алли, танцуя вокруг горящего костра.

Он наблюдал за ними, танцующими голыми, как банши. Они трещали кнутами, а змеи, которые были у них вместо рук и волос, скользили и беспорядочно плевались.

Эриэл опустился на них, как черная туча, приземлился, а затем сложил крылья. Из-за его огромного роста фурии стали похожи на кукол. Он стоял, положив руки на бедра, а затем опустился на одно колено, чтобы встать с ними на один уровень. Это был его способ опустить себя до их уровня и в то же время остаться выше них. Он хотел, чтобы они знали, что работают на него, а не наоборот. Он устал повторять это сестрам, и все же, как он опасался, это был единственный способ держать их в узде.

"Надежды нет - только не сейчас, когда мы работаем вместе", - сказала Эриел. "И не смейся. Ну, я думаю, ты можешь смеяться. Именно так я и поступила, когда впервые услышала, что они посылают команду детей, чтобы убить тебя".

Фурии бились в истерике. Их голоса эхом разносились по всей Долине Смерти и распугали всех птиц.

"Вот идиоты!" сказала Мэг.

"Мы съедим этих детей, на завтрак, обед и ужин", - сказала Тиси, облизывая губы.

"Мы не едим детей", - сказала Алли. "Но ты смешная, сестра. Все, что нам нужно, - это их души. И я не могу вспомнить, ЗАЧЕМ они нам нужны. Объясни еще раз, дорогая сестра".

Мэг ответила: "Мы выполняем поручение Эриэля. Ему нужны Ловцы душ, и мы добываем их для него. Как только мы выполним его требования, мы снова станем Дочерьми Никс - Добрыми, - и будем править ночью и делать все, что захотим".

"Тогда, если я захочу попробовать одного из детей на вкус, я смогу это сделать, верно?" спросила Тиси. "Мне всегда было интересно, какими они будут на вкус". Она закатила глаза и понюхала воздух. Змея на ее голове сделала выпад в его сторону.

Эриел насмешливо хмыкнула. "Это не обычные дети, как те, которых ты преследуешь в игре. Это одаренные дети, обладающие силами и способностями. Тем не менее, я буду держать тебя в курсе, и тебе понадобится моя помощь".

"Твоя помощь? Победить детей, простых младенцев?!" - рассмеялась троица, и они затрепетали, поднимаясь над землей с помощью своих мощных крыльев летучей мыши. "Мы победим их еще до того, как они нанесут удар". Змеи шипели и плевались в знак согласия.

"Как мы сделали это в белой комнате. Как мы сделали это с их подругой Розали. Она не хотела говорить нам, кого за нами послали. Мы хотели знать и устали ждать, пока ты нам расскажешь. Поэтому мы ее вытащили", - сказала Мэг.

"Да, и ты чуть не отдал игру! А еще жаль, что ты не забрал ее душу и не поместил ее в ловец душ", - сказал Эриел. "Теперь есть свободные концы. Свободные концы могут стать зацепками для тех, кто их ищет".

Они посмотрели в небо и увидели полосу цветов, похожую на радугу, которая тянулась от одного края до другого. Только это была не радуга, а энергия. Энергия тех, кого архангелы завербовали, чтобы сделать то, что они сами были не в силах сделать.

"Мы знаем, что они идут - и у них не будет ни единого шанса против нас!" прокричал Тиси.

Ну, они же смогли одолеть те инфантильные огненные шары, которые ты послал!" воскликнул Эриел. "Такая убогая и дилетантская попытка, какой она была! Мне стало стыдно, что я работаю с тобой! Хорошо, что никто не знает о нашей связи".

Сжав кулаки и зубы, "Фурии" не продвигались вперед, пока Алли не сломала лед.

"Сестры, его мнение о нас не имеет значения. Мы сделали все, что могли. Это стоило того, чтобы попробовать. К тому же в нашем распоряжении уже достаточно душ". Она помешала котелок, отхлебнула немного супа из половника, а затем выплюнула его. "Слишком много соли", - сказала она. Она добавила воды, затем лесных грибов и немного детского картофеля. "И с каждым днем мы собираем все больше детских душ. Я устала ждать здесь, пока детские супергерои придут к нам. Чтобы они организовались. Когда они соберутся все вместе, почему бы нам просто не убить их?"

"Сестра, ты должна быть терпеливой".

"Я устала быть терпеливой. Я устала - я просто устала", - сказала Алли. Она помешала и, бросив несколько диких трав и специй, попробовала суп, и он был хорош. "Ужин готов", - сказала она.

"Ты будешь терпелив и не будешь действовать - пока я не прикажу тебе действовать. Это моя игра, и я пригласила тебя поиграть. Без меня вы просто три бесполезные богини, которые проспят остаток своей жизни". Он пнул песок сапогом. "И очень жаль, что вы вынуждены потреблять человеческую пищу. Довольно низкий уровень - ведь теперь вам требуется пропитание, чтобы выжить. Когда я буду править Землей и все Ловцы Душ поселятся здесь, я нажму EARTH PAUSE. Я буду править Землей и в том случае, если ты будешь играть правильно. Если ты сделаешь то, о чем я тебя попрошу, то окажешься на моей стороне. Разделишь выигрыш. Если же ты пойдешь против меня, то вернешься в пыль".

Произнеся слово "пыль", он раскрыл руки и крылья, оторвался от земли и исчез.

Фурии дружно запели, потягивая свой суп. Змеи, которые были самыми голодными, вылизывали его, и хотя они очищали котелок, им все равно хотелось еще.

"Теперь, когда он ушел, - сказала Мэг, - давайте поговорим о нашей собственной конечной игре".

Тиси и Алли гоготнули.

"Эриель верит, что вернет нас в состояние богини, но мы не позволим этому архангелу захватить Землю. Кто скажет, что он не оставит нас в пыли, когда мы сделаем всю работу? Архангелы не всегда выполняют свои обещания. Нам тоже не нужно выполнять свои, правда, сестры?"

"Кем он себя считает, Избранный?" спросила Алли.

Мэг рассмеялась. "Его никто и ничто не выбирает - но он все равно нам нужен".

"Да", - сказала Тиси. "Его самовозвеличивание - это его недостаток". Она понизила голос до шепота: "Каждый раз, когда он говорит, он ослабляет себя. Каждый раз, когда он предает других архангелов, он отдает еще немного своей силы".

И снова сестры разразились песней:

"Кровь завербованных детей станет завтрашним супом.

После супа мы повеселимся с хула-хупом".

Мэг подхватила песню,

"Младенцы, дети, злобные малютки и виновные, как грязь.

Мы скажем "прочь" их головы, если нам повезет!".

пела Алли,

"Дочери тьмы против детей, у которых нет ни малейшего понятия.

Небо прольется кровавым дождем, прежде чем мы закончим!"

Они гоготали и шипели, щелкая кнутами и танцуя, пока луна поднималась все выше и выше в небе. Обессиленные, они упали на землю и спали в грязи. Змеи предпочитали такую позицию - и тоже спали - вместо того чтобы шипеть и двигаться всю ночь.

"Спокойной ночи, сестрички", - говорили они по кругу, точно так же, как видели, как это делают люди в сериале "Уолтон" по телевизору через свою спутниковую антенну. Это было одно из их любимых шоу. "А утром мы пересмотрим план".

ГЛАВА 9
PAFHS9

Это было соревнование для Сэма и Саманты, которые ждали, какая группа детей вернется первой. Победителю предстояло вставать с близнецами каждую ночь в течение целого месяца, так что ставки были высоки.

Сэм выбрал E-Z, Лию, затем Альфреда. Саманта выбрала Альфреда, E-Z, затем Лию.

"Но ведь E-Z в Австралии", - укоряла Саманта. "Ты проиграешь. Я буду думать о тебе - НЕ - когда буду спать по ночам в течение месяца".

"Ты выбрала Альфреда, и он летит на самолете! Ты же знаешь, как они всегда перегружены и редко соблюдают расписание. В то время как E-Z может приходить и уходить, когда ему заблагорассудится, а его инвалидное кресло передвигается удивительно быстро! Я так хочу выиграть и так уверен в этом, что подслащу ставку и сделаю ее шестимесячной. Ты готов увеличить ставку?"

Саманта обдумала это новое предложение. Подобные ставки могли навредить браку, а им и так не хватало сна: оба просыпались каждую ночь, чтобы заниматься близнецами. Она обняла его: "Давай все будет просто. Один месяц".

"Цыпленок", - сказал Сэм, обхватывая жену руками. Он поцеловал ее в лоб, когда Джилл испустила вопль, к которому вскоре присоединился и Джек. "Я пойду", - сказал он.

"Пойдем вместе", - сказала Саманта, взяла руку мужа в свою, и они пошли по коридору.

Малышка Доррит мчалась обратно на крыльях с максимальной скоростью.

"Может, спустимся вниз и выпьем чего-нибудь?" спросила Бренди.

"Только не это", - ответила Крошка Доррит.

"Да ладно, - сказала Лия, - это займет всего пару минут".

"Я не хочу вас пугать", - сказала Малышка Доррит, - "но у меня плохое предчувствие, и я хочу, чтобы мы как можно скорее убрались с открытого пространства".

"Хорошо", - согласились обе девушки.

Уже почти добравшись до дома, Лия отправила сообщение Саманте, сообщив, что они будут дома через несколько минут.

"Ах, мы обе ошиблись!" - сказала она.

"Но одному из нас все равно придется вставать каждую ночь с близнецами", - сказала Сэм.

"Будем вставать по очереди", - сказала Саманта, и они с Сэмом, когда близнецы снова улеглись спать, вышли в сад. Вскоре она увидела, как "Литтл Доррит" заходит на посадку.

Лия и Бренди спрыгнули с него.

"Это было очень круто", - сказала Бренди. "Спасибо, Крошка Доррит". Она обняла единорога, который ответил: "Не за что".

"Да, спасибо, что присматривала за нами", - сказала Лия.

"Присматривая за вами, были ли какие-нибудь проблемы?" спросил Сэм.

"Ничего такого, с чем бы я не справилась", - ответила Литтл Доррит. "А теперь, если я вам не понадоблюсь какое-то время, я бы хотела принести воды и перекусить".

"Иди", - сказал Сэм, - "и спасибо, что присматриваешь за нашими девочками".

Малышка Доррит подмигнула Сэму, затем взлетела и вскоре скрылась из виду.

После знакомства с Сэмом и Самантой Бренди позвонила домой, чтобы сообщить матери, что они благополучно прибыли.

Через несколько часов приехали Альфред, Чарльз, Харуто и его бабушка. Как и прежде, состоялось знакомство, к которому добавились Бренди и Лия.

"Ты не можешь быть САМЫМ Чарльзом Диккенсом", - сказала Бренди, приподняв брови. "А ты всего лишь ребенок, едва вылезший из подгузников", - обратилась она к Харуто, который в ответ закрутил себя невидимкой.

"Ой!" воскликнула Бренди. "А ты, ты большой пернатый лебедь! Как ты собираешься помочь нам победить фурий!"

"Во-первых, - начал Альфред, - ты гораздо более груб, чем следовало бы. Даже у такого неискушенного лебедя, как я, есть манеры".

"Anata wa gakidesu!" сказала бабушка Харуто, что в переводе означает "Ты - отродье!".

Со стороны невидимого Харуто послышалось хихиканье.

Лия вмешалась в разговор и извинилась: "Я введу ее в курс дела. Она классная. Просто дай ей немного времени, чтобы освоиться", - сказала она. "Я не знала, пока только сейчас не увидела своими глазами, на что способен Харуто". Обращаясь к маленькому мальчику, она сказала: "Вернись, Харуто, пожалуйста. Она не хотела тебя обидеть".

"Прости", - сказала Бренди, опустив глаза в пол.

Харуто вернулся, то исчезая, то исчезая. Он стоял, обняв бабушку за талию. Альфред и Чарльз придвинулись к ним поближе.

"Мы только что с самолета и устали - так что пойдем освежимся. Когда мы вернемся, я ожидаю, что ты наденешь на нее поводок или заклеишь ей рот скотчем. Или научишь ее хорошим манерам", - сказал он, а затем зашагал по коридору с двумя другими на буксире.

"Ого!" сказала Бренди. "Просто ВАУ! Я сказал, что мне жаль".

"Нет, он был прав", - сказала Лия.

Саманта сказала: "Теперь ты в нашем доме, и мы не допустим, чтобы ты кому-то грубил".

Сэм сложил руки на груди, как раз когда близнецы снова начали причитать.

"Они, наверное, проголодались. Не волнуйся, я справлюсь", - сказала Саманта, но прежде чем уйти, она бросила взгляд на Бренди.

"Бренди, ты находишься в странном месте, где ты пока не знаешь никого, кроме Лии и малышки Доррит", - сказала Сэм. "Если ты хочешь стать частью этой команды, победить "Фурий" - тогда тебе придется работать вместе. Оскорбление товарищей по команде - не самый эффективный способ начать. Я бы посоветовал тебе еще раз извиниться, как будто ты это серьезно, когда они вернутся, и попросить начать все сначала".

Глаза Бренди наполнились слезами: "Я просто удивилась, увидев других членов команды, с которыми мне предстоит работать. Но ты прав, я снова извинюсь и попрошу еще один шанс. Надеюсь, они меня простят. Мама всегда говорит, что я слишком откровенна для своего блага".

Лия улыбнулась. "Ты полюбишь Альфреда, как только узнаешь его получше. С Чарльзом я тоже впервые встречаюсь лично. Чарльз находится в странной ситуации. Когда ему было десять лет, это было в 1822 году. Подумай об этом. И с Харуто и его бабушкой я тоже встречаюсь впервые".

"Это безумие! Тогда президентом был Джеймс Монро - и он был нашим пятым президентом!" улюлюкала Бренди. Она легонько толкнула Лию локтем: "Мама и папа были бы супер впечатлены, что я запомнила эту информацию! А парень, то есть Харуто, кажется, слишком молод, чтобы ставить свою жизнь на кон".

Лия рассмеялась, и Сэм присоединился к ней, а потом, услышав, что жена зовет его помочь с близнецами, поспешил выйти из комнаты.

Чарльз ответил: "Георг IV был на троне, когда я был здесь в прошлый раз. По крайней мере, мне не нужно беспокоиться о том, что в следующем году я снова отправлюсь в работный дом", - сказал он с улыбкой, которая быстро угасла.

Лия издала непроизвольный вскрик, а Бренди разрыдалась и сказала "Мне так жаль, Чарльз".

"А, значит, ты слышал о работных домах", - сказал он. "Но я здесь, я пережил это и, видимо, использовал свой опыт, чтобы написать о таких персонажах, как Оливер Твист и Крошка Доррит, не говоря уже о двух. Да, я читал о себе в интернете и, должен тебе сказать, даже впечатлился".

"Ты еще не знаком с единорогом Литтл Доррит", - сказала Лия. "Она ушла подкрепиться, но скоро вернется".

"С кем?" поинтересовался Чарльз.

Как по команде, Малышка Доррит снова появилась, покружив над их головами, и быстро зашла на посадку.

"Малышка Доррит, это Чарльз Диккенс. Чарльз, это Малышка Доррит", - сказала Лия.

Чарльз потерял дар речи, когда дружелюбный единорог прижался к нему. "Я никогда не мечтал, что через миллион лет встречу единорога".

"Приятно познакомиться с тобой, Чарльз", - сказала Малышка Доррит.

Чарльз задохнулся: "И к тому же умный говорящий!". У него был миллион вопросов, которые он хотел бы ей задать, но им пришлось подождать, потому что в небе E-Z, Лачи и Малыш заходили на посадку. "Я проснулся или сплю?" спросил Чарльз. "Ущипни меня, чтобы я был уверен".

Как только Бэби приземлился, а Лачи разобрался с ним, вокруг завязались знакомства, а E-Z поспешил внутрь, чтобы сходить в туалет. Когда он вернулся, к ним присоединились Сэм и Саманта с близнецами на буксире, Харуто и Альфред.

"Вся банда в сборе", - сказал Альфред.

"Могу я поговорить с тобой и Харуто", - спросила Бренди. Когда они кивнули, она сказала: "Мне очень, очень жаль. Пожалуйста, простите меня за мою грубость и дайте мне второй шанс". Она посмотрела на свои ноги.

"Давай начнем все сначала", - сказал Альфред.

"Saikai suru", - сказал Харуто, затем перевел: "То, что он сказал".

"Anata wa yurusa rete imasu", - сказала бабушка Харуто, что в переводе означает: "Ты прощен".

Малышка и малышка Доррит, стоящие бок о бок, представляли собой очень странное зрелище. Малышка Доррит не была маленькой, она была единорогом, рост которого превышал 8 футов, в то время как Малыш был совсем не маленьким, ведь его рост превышал 18 футов.

"Думаю, вам двоим, - обращаясь к Малышке и Малышке Доррит, - придется найти другое место для сна, так как сад не будет достаточно большим для вас двоих", - сказал И-Зи.

Малышка Доррит ответила: "Я знаю одно место, и мы сможем взять что-нибудь вкусненькое, чтобы поесть, и еще немного воды".

"По-моему, звучит неплохо", - сказал Малыш.

Бабушка Харуто погладила Малыша по голове и спросила: "Josha wa dodesu ka?", что в переводе означает: "Как насчет прокатиться?".

Малыш ответил: "Tashika ni, tobinotte!", что в переводе означает: "Конечно, запрыгивай!".

Харуто подбежал и сказал: "Matte watashi o wasurenaide!", что в переводе означает: "Подожди, не забудь про меня!".

Малыш спустился вниз, чтобы Харуто и его бабушка могли забраться ему на спину. Они полетели, а Малышка Доррит следовала рядом.

Сэм сказал: "Думаю, всем пора устраиваться, а завтра вы сможете поговорить и составить планы на все случаи жизни".

"Хорошая идея", - сказал E-Z, когда Малыш высадил Харуто и его бабушку. Волосы Собо стояли дыбом, словно она засунула палец в розетку.

Поскольку бабушка Харуто потеряла дар речи, Саманта повела ее в свою комнату. "Харуто спит в моей комнате", - сказала она.

"Конечно, я сейчас вернусь". Она направилась по коридору в комнату И-Зи.

"Как все прошло?" E-Z спросил Харуто.

"Субараши!" - воскликнул он, что в переводе означает "Фантастика!".

"Сегодня нам доставили раскладушку и несколько двухъярусных кроватей, - сказал Сэм, - так что Харуто, Чарльз и Лачи, вы с E-Z и Альфредом в их комнате. Альфред будет спать в конце кровати E-Z".

"Спасибо", - сказал E-Z, когда они направились в его комнату. "Да, кстати, - сказал он, когда они остались одни, - у кого-нибудь из вас были проблемы на обратном пути?"

Альфред ответил, что нет.

"А у тебя, Лия?" - мысленно спросил он.

"Нет".

"Так что же произошло?" спросил Альфред.

"Ну, у нас на тропе появился пылающий огненный шар".

Лия вздохнула.

"Но благодаря быстрому мышлению Малыша он был уничтожен".

"Как ему удалось его уничтожить?" поинтересовался Альфред.

"Малыш проглотил его, а потом сбросил в океан".

"Это страшно", - сказал Харуто.

"Я все еще немного волнуюсь за Малыша", - сказал E-Z, - "потому что на обратном пути я заметил, что он пару раз кашлянул и чихнул".

Лачи сказал: "Один раз из его рта и ноздрей даже полетели искры. Он говорит, что с ним все в порядке, но я внимательно слежу за ним".

"Мы же не можем отвести его к ветеринару, верно?" сказал Альфред.

Харуто расхохотался и засмеялся.

"Что смешного?" поинтересовался E-Z.

"Хьорю Дорагон", - ответил он. "Хьорю Дорагон!" - что переводится как дракон-ветеринар - и он снова заревел от смеха.

Альфред и E-Z пожали плечами, как и Чарльз, который сменил тему, спросив, не думают ли остальные, что им стоит придумать новое название для своей команды, ведь теперь их не три, а семь.

"Возможно", - ответил E-Z.

"Каковы наши ключевые характеристики?" спросил Чарльз.

"Обещание", - предложил Харуто, успокоившись и перестав смеяться.

"Стремление", - сказал Чарльз.

"Вера", - сказал E-Z.

"Надежда", - сказал Альфред.

Саманта несколько минут прислушивалась за дверью. Все звучало достаточно дружелюбно, поэтому она вернулась, чтобы поговорить с бабушкой Харуто.

"Харуто поселился с другими мальчиками, и они болтают. Если хочешь, можешь завтра перевести его сюда. У него там есть своя кроватка. Они планировали новое название для своей команды супергероев - так что я не хотел прерывать их мозговой штурм".

Бабушка Харуто кивнула: "Спасибо".

Лия и Бренди теперь были вовлечены в разговор между комнатами.

"Сила x 7", - предложили девушки.

"Хм, она иногда может читать наши мысли", - подтвердил E-Z.

Чарльз воскликнул: "А как насчет PAFHS7?".

"Мне нравится, - сказал E-Z, - но не забыли ли мы двух ключевых членов нашей команды? Я имею в виду Литтл Доррит и Бэби. Они являются неотъемлемыми членами и уже пару раз спасали наши задницы".

Альфред повторил эти слова, как и Харуто.

"А как же PAFHS9!" пропели Лия и Бренди.

PAFHS9 не удержались и рассмеялись - пока не услышали, как кто-то ходит над их головами на крыше.

"Что это, черт возьми, было?" спросил E-Z.

"Йо-хо-хо! Это мы!" сказал Рафаэль. "Эриель и я.

ГЛАВА 10
ШУМ НА КРЫШЕ

Сэм подумал, не рано ли наступило Рождество, когда в халате вышел на улицу, чтобы разобраться в шуме на крыше. Он не мог разглядеть, кто там наверху, пока не оказался в центре лужайки перед домом.

"Шшшш!" - прошептал он. "Мы только что уложили малышей спать".

Архангелы ничего не ответили. Вместо этого они повесили головы, как два отруганных ребенка.

"Не хотите ли зайти внутрь?" - спросил он.

"Большое спасибо", - ответил Рафаэль.

POOF

POW

Они с Эриель исчезли.

Сэм не сразу двинулся с лужайки. Его ноги были мокрыми от росы на траве, и когда он засунул кулаки в карманы халата, то заметил, что Малышка и Доррит кружат вокруг дома.

"Там все в порядке?" поинтересовалась малышка Доррит.

"Да, - ответил Сэм, - но на всякий случай не уходи слишком далеко. Я свистну, если нам понадобится помощь". Он помахал рукой, а затем снова вошел в дом, который теперь был наполнен голосами и скрипом стульев. Он скрипнул зубами и понадеялся, что близнецы крепко спят. Оказавшись на кухне, он заметил, что все, кроме бабушки Харуто, уже проснулись.

Рафаэль, сидевшая во главе стола, теперь напоминала женщину, которая была одета как медсестра в отеле, когда спасала жизнь Альфреда. Ее длинное, струящееся платье, похожее на выпускное, повышало ее статус среди остальных, словно она была сидящим профессором или судьей.

Эриел же изменил свою внешность так, что стал похож на покойного певца, фирменным знаком которого было одеваться с ног до головы в черное, включая солнцезащитные очки в темной оправе.

"Нужны ли нам еще стулья?" поинтересовалась Саманта.

"Думаю, нам хватит", - ответил Сэм. "Я надеюсь, что это не займет много времени. О, и E-Z, займи другой конец стола, раз уж ты наш избранный лидер".

"Ух, спасибо", - сказал E-Z, пересаживаясь на свое место. "Так какого черта вы двое делаете здесь посреди ночи?"

Бренди рассмеялась: "И кто сказал, что я самая грубая?".

Лия ответила: "Тссс".

Рафаэль оглядел каждого из детей. Она впервые видела Харуто, Чарльза, Брэнди и Лачи. Все они были так невероятно молоды, так храбры. Ее глаза заблестели, когда взгляд упал на E-Z. Она склонила голову.

E-Z подождал, затем понял, что Рафаэль просит его дать ей разрешение говорить. Он кивнул.

Прежде чем заговорить, Рафаэль поправила свои новые очки. Это заставило E-Z поправить свои старые очки, которые он, по просьбе их первоначального владельца, никогда не снимал со своего лица.

Чарльз, который, что очень нехарактерно, становился все более и более нетерпеливым, спросил: "Мадам, почему я здесь как десятилетний мальчик, когда я был бы гораздо более полезен для этой команды как взрослый."

"ТИШИНА!" воскликнул Эриел, стукнув кулаками по столу. "Слово за нами. Говори, сестра, так как эти дети становятся все более нетерпеливыми. Их глаза мерцают и мечутся по комнате. Как будто они ждут, что ты опустишь их в раскаленные чаны с воском!"

"Невежливо!" воскликнула Бренди. "Я тебя не боюсь!"

"Тссс", - прошептала Лия.

Чарльз улыбнулся Бренди.

"Ты должна бояться", - с гримасой сказал Эриел. "Очень бояться".

"Порядок! Порядок!" крикнул Рафаэль, и она подождала, пока все усядутся и станут более спокойными. "Мы собрались здесь этим вечером для ВАШЕГО блага". Рафаэль сказал это довольно громко, чем она ожидала.

"Сюда! Здесь!" вмешалась Эриель.

"Как это?" поинтересовался И-Зи.

"Она тебе скажет, если ты будешь трубить!" заявила Эриель.

Рафаэль снова подождал, прежде чем она заговорила снова.

"Сейчас нет времени на причудливые планы и промедление. Фурии сеют хаос, с каждым днем все больше и больше, пиратствуя на ловцах душ. Выбрасывая старые души в открытую пустоту. Там царит полнейший хаос! И они создают его еще больше с каждой секундой, каждой минутой, каждым часом каждого дня. Короче говоря, их нужно остановить. Немедленно."

"Но..." сказал Альфред, - "ты даже не упомянул о детях".

Эриел поднялся со своего кресла. Он уставился на Альфреда, заставив его отвести взгляд. "Она еще не закончила".

Рафаэль продолжил, на этот раз не колеблясь.

"Мы, Эриель и я, здесь, чтобы дать тебе совет - без непосредственного участия. Наша миссия - помочь тебе, помочь себе, чтобы спасти детей".

И-Зи не понравилось, как это прозвучало, совсем нет. Он стукнул кулаками по столу.

"Мы уже согласились сразиться с Фуриями. Сначала мы должны подготовиться, сформулировать план. Когда мы будем готовы, мы уничтожим их. Если ты пришел сюда, чтобы торопить нас, толкать в бой раньше времени, то, поскольку я избран лидером, я хотел бы отказаться от участия. Мы всего лишь дети, а ты просишь нас подвергать свои жизни риску. Я не хочу, мы не хотим двигаться вперед, пока не будем полностью готовы".

Лия встала первой и начала аплодировать, а остальные члены ее команды присоединились к ней.

"То, что он сказал", - ворковал Альфред, поскольку лебеди не умеют хлопать.

"Подождите!" сказал Рафаэль. "Мы здесь не для того, чтобы толкать тебя, а чтобы помочь тебе".

Цвет Эриэля изменился с белого на красный, крайне контрастируя с его черным нарядом. E-Z и остальные смотрели на то, как цвет лица архангела продолжает краснеть, и боялись, что его голова может взорваться.

"Успокойся и садись!" приказал Рафаэль. Эриел сделал несколько глубоких вдохов, а затем опустился на свое место.

Рафаэль оставалась спокойной с высоко поднятой головой. Она отодвинула свой стул и поднялась. И продолжала подниматься, пока не оказалась выше остальных. Она устроилась так, будто ехала на волшебном ковре, и наклонила голову вправо, словно позировала для селфи.

"Мы преданы тебе и заданию, но у наших сил есть ограничения. Если тебе знакома поговорка: "Мы здесь для тебя в духе", - то мы именно такие. Сегодня мы перечеркнули все правила, придя сюда, в твой дом. Мы сделали это вопреки советам нашего начальства и вопреки здравому смыслу.

"Придя сюда, мы подвергли себя невиданным и неизвестным опасностям, но ты стоишь того, чтобы рискнуть. Именно поэтому мы решили приехать и предложить свою помощь лично".

"Кроме того, мы понимаем, что ты разрабатывал план, а мы здесь в качестве твоей опоры. Ты можешь опробовать его на нас, посмотреть, как он полетит. Если мы заметим какие-то недостатки, мы укажем на них и поможем тебе".

E-Z посмотрел на членов своей команды, которые снова сели на свои места. "Мы рассматриваем вариант втянуть богинь в игру и победить их там".

"О, понятно", - сказал Рафаэль. "Ты веришь, что сможешь победить их в их же игре, так сказать, умно. Весьма умно, но, боюсь, недостаточно умно".

"Что ты имеешь в виду?"

"Они поняли, как манипулировать и контролировать всех игроков в игровом мире. Они знают все уловки в книге - потому что индустрия сделала все простым, как только ты в игре. Чтобы играть, ты должен убивать. Чтобы продвигаться, ты должен убивать. Чтобы победить, ты должен убивать.

"Внутри игрового мира E-Z тебе тоже придется убивать. Как только ты это сделаешь, ты станешь честной дичью для "Фурий". Они могут схватить каждого из вас, одного за другим. Вы не сможете выступить там как команда. Команды в игре - это всего лишь иллюзия. Ни один игрок не будет освобожден от их мстительного заговора.

"Помни, что у богинь есть мандат - наказывать безнаказанных. И они выполняют его в точности, без всяких "если", "и" или "но". Однако они используют серую зону в своих интересах. Ничто не может остановить их - при условии, что они придерживаются мандата". Она остановилась и посмотрела на Эриэля: "Хочешь что-нибудь добавить?".

"На твоем месте, - сказал он, - я бы атаковал их в лоб, в открытую. Там и тогда, где и когда они меньше всего этого ожидают. Это поставит тебя в положение силы и сделает их уязвимыми".

"Это если они нас не увидят или не поймут, что мы пришли за ними", - сказала Бренди. "Я до сих пор не понимаю, как они убивают детей. Мы должны увидеть это, чтобы понять и осознать, против чего мы выступаем. Я сказал, что помогу, но я определенно ожидал более конкретной информации".

"E-Z, - спросил Рафаэль, - ты готов вернуть мне мои очки? На короткое время? С ними я смогу показать тебе технику Фурий. Как они заманивают детей в игру в режиме реального времени. Бренди права, видеть - значит верить, но я не смогу сделать это без своих оригинальных очков. Только ты можешь принять такое решение. Если ты действительно хочешь видеть. Если ты действительно хочешь знать".

"Круто", - сказала Бренди. "Давай приступим к делу, E-Z".

Эриел взглянул на потолок. "Офаниэль вызвал меня. Я должен идти". Он поклонился.

ZIP

Он исчез в ночи.

И-Зи снял красные очки и сложил их, после чего передал их Рафаэлю, который все еще парил над столом. Очки, когда она потянулась за ними, влетели ей в руки.

Рафаэль снял с нее новые очки и отполировал старые, после чего надел их ей на лицо. Она улыбнулась, наблюдая за тем, как кровь, как и все остальные в комнате, по-змеиному движется по оправе, словно заново знакомясь с ней.

Когда кровь в очках вернулась к своему течению, Рафаэль надел их на лицо и направил к стене, от очков исходил мощный яркий стробоскопический свет, какой можно было бы увидеть в кинотеатре.

"Прежде чем мы начнем, - сказал Рафаэль, - это не для слабонервных. То, что ты сейчас увидишь, имеет рейтинг "Сопровождение для взрослых". Я не думаю, что Харуто стоит это смотреть".

Саманта ответила: "Да ладно тебе, Харуто. Мы с тобой можем немного посмотреть телевизор в другой комнате".

Эти двое ушли. И началось шоу.

На экране был маленький мальчик. Примерно семи, может быть, восьми лет. Несмотря на то что была глубокая ночь, он сидел перед компьютером. На его голове были наушники. Перед его ртом находился крошечный микрофон, который был прикреплен к головному убору.

"Попался!" - сказал он. "Все, что мне нужно, - это еще одно убийство, тогда я перейду на следующий уровень".

XXXXXXXXXXXXXXXXXXXXXXXXXXXXXXXXXXXXXXX.

И они тоже могли это слышать.

"Ты убийца!"

"Только плохие мальчики убивают - и ты плохой мальчик. Твоя мама знает, какой ты плохой мальчик-убийца?"

"Я играю в игру", - сказал он. "Это всего лишь игра, и если я не буду убивать, то не смогу продвинуться".

"Бедный парень", - сказал E-Z.

Тишина.

Мальчик продолжил свою игру. Вскоре пришло время, когда ему снова нужно было убивать. На этот раз он колебался.

"Давай. Ты уже убил один раз, ты знаешь, что это было весело, так что давай, убей еще раз. Ты же знаешь, что хочешь этого".

"Нет!" - сказал он.

"Это не имеет значения. Одно убийство - это все, что нам нужно!"

Затем шипение снова стало очень громким, громче, громче, громче.

"Остановитесь!" - закричал он.

"Прекрати, Рафаэль!" закричала Лия.

"Я не могу", - ответил архангел. "Ты сказал, что хочешь посмотреть, как они это делают. Если кто-то из вас слишком напуган, выйдите из комнаты или прикройте глаза. Бренди была права, вы должны увидеть это своими глазами. До сих пор я тоже этого не видел".

ХХИИИИИИИИССССССССССС.

Продолжай. Ты убил один раз, ты знаешь, что это было весело, так что давай, убей снова. Ты знаешь, что хочешь этого".

Продолжай. Ты убил один раз, ты знаешь, что это было весело, так что давай, убей снова. Ты знаешь, что хочешь этого".

Продолжай. Ты убил один раз, ты знаешь, что это было весело, так что давай, убивай снова. Ты знаешь, что хочешь этого".

"Ла, ла, ла, ла, ла", - пел мальчик. Пытаясь перекрыть голоса.

"Он сошел с ума", - сказал его друг, тоже игравший в эту игру. "Я ухожу. Увидимся завтра в школе, Томми".

"Ла, ла, ла, ла, ла!" Томми продолжал петь.

Его пульс учащался. Его сердцебиение ускорилось. Оно колотилось и колотилось, словно хотело вырваться из груди. Он не мог дышать. Он попытался встать, но его ноги превратились в желе.

Он услышал голос в своей голове. Он был похож на голос его матери, но это был не он.

"Нам так стыдно за тебя, Томми. Мы не заслужили, чтобы наш сын был убийцей!"

Второй голос, который звучал как голос его отца.

"Наш сын не убийца, а ты кто? Ты не наш сын".

Томми зарыдал.

"Я убийца", - сказал он, сползая со стула и комкаясь в клубок на полу.

Теперь с экрана раздались еще два голоса. Его брат Алекс, его сестра Кэти, поющие вместе с родителями песню, которая исполнялась на популярную детскую мелодию о тутовом кусте. Их версия звучала следующим образом:

"Томми - мур-дер-ер; мур-дер-ер, мур-дер-ер, мур-дер-ер, Томми - мур-дер-ер, И мы его больше не любим".

Бедный Томми теперь был совсем один.

"Не сдавайся", - крикнула Лия, хотя знала, что он ее не слышит.

На полу, свернувшись в клубок, он представлял, что вокруг него танцуют мать, отец, сестра и брат. Они кружили вокруг него, как стервятник кружит над своей добычей.

"Томми - мур-дер-ер; мур-дер-ер, мур-дер-ер, мур-дер-ер, Томми - мур-дер-ер, И мы его больше не любим".

Маленькое сердце Томми было разбито. Оно выскочило из его тела и улетело.

Фурии поймали его и засунули в Ловец душ. Они захлопнули дверь.

Рафаэль снял очки. Тут же настенный проектор закончился. Когда она передавала очки обратно E-Z, по ее щеке скатилась слеза.

Тишина вокруг стола была оглушительной.

"В них ведьмы, о которых писал Шекспир в "Макбете", выглядят добрыми", - сказал Альфред.

"Не понимаю, как моя способность маскироваться или разговаривать с животными может помочь, не против них же", - сказал Лачи.

"Я бы убил одного, умер, вернулся, убил второго, умер, вернулся и убил третьего", - сказал Бренди. "Дайте мне наложить на них руки!"

"Подожди минутку", - сказал E-Z. "Теперь, когда мы это увидели, нам нужно об этом поговорить. Прежде чем погружаться внутрь. Может, нам стоит провести повторное голосование? Наше участие должно быть единогласным".

Сэм произнес. "Вам не нужно стыдиться, говорить "нет". Никто не назначал вас спасителями мира".

"Он прав", - сказал Рафаэль. "Никто не назначал вас - и все же нет никого другого, кто мог бы это сделать".

"Почему вы, архангелы, не можете этого сделать?" спросила Бренди.

"Мы перепробовали все, что знали, и потерпели неудачу. Поэтому мы пришли к тебе", - сказал Рафаэль. "И одну вещь я хочу прояснить для всех вас... Если когда-нибудь наступит момент, когда вы будете бояться, что конец близок, именно тогда мы придем вам на помощь".

"Как же ты собираешься нам помочь, если только что сказал, что ты бесполезен?" спросил Чарльз.

"Именно это я и хотел спросить", - ответил Бренди.

"Если, когда, конец будет близок... нам, архангелам, будут даны другие силы. Пока они не нужны, эти силы спят глубоко в недрах земли.

"А пока, И-Зи, ты знаешь волшебные слова, чтобы призвать Эриель на свою сторону. Эти же слова приведут меня и остальных, если мы тебе понадобимся.

"Мы придем. Мы будем сражаться рядом с тобой. Но, пожалуйста, не тратьте призыв впустую. Чтобы древние силы пробудились, должны быть неопровержимые доказательства того, что конец человеческой расы неминуем".

"А что, если мы позовем тебя, а силы, о которых ты говоришь, не придут. Что тогда?" спросил И-Зи.

"Тогда мы умрем вместе с вами".

E-Z стукнул кулаками по столу.

"Видя их в действии, моя кровь закипает. Мы должны победить их".

"Вот! Здесь!" закричал Чарльз.

"Но сначала, - сказал Сэм, - ты должен рассказать об этом детям, прежде чем отправлять их в бой. Расскажи им, как именно ты и другие архангелы пытались победить Фурий".

"Мы устроили для них ловушку, когда обнаружили, что они вернулись. Это предало нас, выдало, и тогда они переместились в Долину Смерти. Теперь Долина Смерти запретна для архангелов".

"Запредельная? Кто сделал ее такой?"

"Это вопрос, на который я не могу ответить. Все, что я знаю, это то, что команда безмерно могущественных архангелов не смогла прорваться через защитные барьеры, которые они установили".

"И это все?" спросила Бренди. "Это все, что вы пытались сделать, и теперь вы хотите, чтобы мы взяли все на себя. Серьезно."

Рафаэль положил руки на бедра: "Мы архангелы, и наши силы на Земле ограничены". Она рассмеялась: "Наши силы в других местах тоже ограничены".

"Ладно, ладно", - сказал И-Зи. "Мы поняли. У нас нет выбора, не совсем, но оставь это нам".

"Очень хорошо", - сказал Рафаэль. "Но прежде чем я уйду, Чарльз, я хотел ответить на твой вопрос. Архангелы не вызывали и не освобождали тебя. Мы считаем, что твое появление здесь случайно".

"Мы не думаем, что Фурии тоже знают о тебе. Возможно, ты являешься секретным оружием. Возможно, в тебе заключена огромная сила.

"Ты сказал, что хотел бы, чтобы тебя вернули в зрелом возрасте. Твой сегодняшний возраст имеет большое значение. Мы верим, что дети держат в своих руках будущее человеческой расы. Только дети могут победить чистое зло".

"Но почему только дети?" поинтересовался Чарльз.

"Потому что они рождаются чистыми сердцем", - ответил Рафаэль.

Чарльз сел на свое место чуть выше.

Рафаэль продолжил: "Чарльз Диккенс, не бойся экспериментировать и раскрывать свое истинное "я". Внутри тебя может быть дверь, которую можешь открыть только ты. Ключ.

"Сам факт наличия кровного родства между тобой, E-Z и Сэмом очень важен. Не бойся рискнуть всем, чтобы найти этот ключ. Ты здесь, чтобы помочь спасти человечество. В этом нет никаких сомнений. Используй свое время здесь с умом. Измени ситуацию к лучшему".

Чарльз заплакал, так как до этого момента он чувствовал себя бесполезным. Остальные утешали и успокаивали его.

"Удачи вам всем", - сказал Рафаэль.

POW.

И она исчезла.

"Когда мы переживем это, - сказала Лия, - а мы это переживем, мы устроим самую большую вечеринку в честь победы".

"Чарльз", - сказал E-Z. "Если Рафаэль прав, ты можешь стать самым важным членом команды. Пожалуйста, найди время, чтобы провести небольшой поиск души".

"Как это - искать душу?" - поинтересовался он.

"Медитация - один из способов", - сказала Бренди.

"Или прогулка на природе", - сказал Лачи.

"Уединиться, просто подумать", - предложил Альфред.

"Давайте немного поспим и продолжим обсуждение утром", - сказал E-Z.

"Не думаю, что мне удастся поспать после просмотра бедного Томми", - сказала Лиа. "Это было даже хуже, чем я себе представляла".

"Да, бедный маленький Томми", - согласился Альфред.

"Ну что, все еще в сборе?" спросил E-Z.

"ДА" прозвучало от всех.

"А как же все-таки Харуто?"

"Думаю, он все равно будет участвовать, - сказал E-Z, - но я все объясню Собо, и она сможет обсудить это с ним. Я полностью пойму, если они откажутся".

"Хотя я не думаю, что они откажутся", - сказала Саманта. "Харуто спит. Ему было стыдно, потому что он был слишком молод, чтобы видеть то, что видишь ты. Как будто он был меньшим членом команды".

"Ты правильно сделал, что вывел его из комнаты", - сказал Сэм. "То, чему мы стали свидетелями, было ужасно".

"Согласен", - сказал E-Z.

Чарльз сказал: "Итак, все за одного и один за всех. Прямо как в "Трех мушкетерах"".

"Мне всегда нравилась эта книга!" сказал Альфред.

Даже в самых тяжелых ситуациях книги всегда сплачивали людей. Каждый член PAFHS9 надеялся, что это одна вещь в мире, которая никогда не изменится.

ГЛАВА 11
DEJA VU

У И-Зи и Сэма теперь было не так много времени наедине, но ни тот, ни другой не жаловались на это. Саманта переживала, что они теряют связь, и была полна решимости исправить ситуацию, удивив их завтраком "Ранняя пташка" в кафе Энн.

Они пришли на кухню одновременно - так как оба получили смс с просьбой немедленно одеться и прийти на кухню.

"Что случилось?" спросил Сэм.

"Да, что случилось?" поинтересовался E-Z.

"Ничего не случилось", - ответила Саманта. "У вас двоих заказан столик у Энн, так что отправляйтесь туда прямо сейчас - пока все не проснулись и не захотели к вам присоединиться".

Сэм поцеловал жену.

"Я подумал, что вам тоже пора снова позавтракать вместе".

И-Зи крепко обнял Саманту.

"Мы сами доберемся туда?"

"Определенно, дядя Сэм".

Сэм схватил свой рюкзак, в котором лежал его ноутбук, и они отправились в путь.

Это было прекрасное весеннее утро с множеством птиц, которые пели серенады по дороге в кафе.

"Эта твоя жена довольно особенная".

"Да, она одна на миллион".

Вскоре они подъехали к кафе. Оно было почти пустым, Энн нигде не было, но И-Зи узнал ее сестру, Эмили. Он не видел ее с тех пор, как был маленьким ребенком.

"Ты не сильно изменился", - сказала Эмили, обнимая его.

"Ты тоже", - приглушенным голосом ответил E-Z, когда она задушила его в своем объемном свитере. "А это дядя Сэм".

"Я вижу сходство", - сказала Эмили, крепко пожимая его руку. "У меня есть идеальный столик для тебя, следуй за мной".

Когда они проходили мимо своего обычного столика, он замешкался и взглянул на дядю. "Не возражаешь, если мы сядем за этот вместо Эмили?"

"Конечно!" сказала Эмили, раскладывая столовое серебро и передавая меню. "Кофе?" Сэм кивнул, и она налила ему полную горячую кружку.

"А ты будешь как обычно?" - спросила она E-Z. Сестра рассказала мне, какие они могут быть".

"Определенно".

"И это был шоколадный густой коктейль, я права?"

Она была права.

"А ты, Сэм?" - спросила она. "Что ты сегодня ешь?"

"Пусть будет два из того, что есть у моего племянника, - сказал он, - но держи густой коктейль. Кофе - единственный напиток, который мне нужен этим утром".

"Правильно!" - сказала она и ушла на кухню.

Сэм открыл свой ноутбук, затем снова закрыл его.

"Приятно приходить в место, где все всегда одинаково", - сказал E-Z.

"Надо будет как-нибудь в ближайшее время привести сюда Сэма и близнецов. Я хочу поддержать местный бизнес, и это хороший пример для Джека и Джилл".

"Определенно. Это место вызывает у меня только хорошие воспоминания", - сказал E-Z. "Но в один из этих дней я собираюсь пойти на хитрость и заказать что-то другое. Я должен подавать хороший пример своим кузенам, не так ли?"

Сэм рассмеялся, а затем сделал глоток кофе. Через секунду появилась Эмили и снова наполнила чашку. "У нее как будто глаза на затылке".

И-Зи рассмеялся. Его мысли витали вокруг определенной темы, которую он хотел обсудить: Фурии. В то же время он не хотел сразу ввязываться в тяжелый разговор.

"Итак. У моей жены будет полный дом гостей, которых нужно накормить, когда все встанут".

"Собо поможет".

"Верно, но я не думаю, что нам стоит этим пользоваться. Я бы хотел, чтобы мы могли сделать переигровку, если ты понимаешь, о чем я?"

"Определенно. Итак, давай приступим к делу".

Сэм снова открыл свой ноутбук. На этот раз он включил его и набрал в поисковике:

"Как победить фурий".

E-Z кивнул, когда перед ним поставили его коктейль. Он тут же попытался глотнуть немного своего густого коктейля, но он был слишком густым, чтобы пропустить что-то через соломинку - а ему это как раз и нравилось. "Есть что-нибудь полезное?"

"Тут говорится, что Эриний - или Фурий - можно утихомирить только ритуальным очищением".

"И что это значит?"

"Думаю, это значит, что тебе придется совершить подвиг - по их просьбе, в качестве искупления".

"Разве искупление не означает то же самое, что и покаяние? Мне не нравится, как это звучит", - сказал E-Z. "Мы не сделали ничего такого, за что можно было бы перед ними искупить вину".

"Это также может означать Искупление. Возмещение. Возмещение. Реституция".

"Четыре "Р"" - звучит заманчиво, но я снова спрашиваю, за что мы будем им отплачивать?

"Думай нестандартно", - сказал Сэм. "Что, если ты сможешь сделать что-нибудь, чтобы побудить их отправиться в поход и оставить детей и ловцов душ в покое?"

И-Зи рассмеялся. "Если бы был такой способ, это было бы идеально. А еще - слишком просто".

Сэм почесал голову. "Здесь говорится, что фурии наказывали мужчин и женщин за преступления после смерти и во время их жизни. Чем они и занимаются сейчас - детьми, а не взрослыми. Я этого не знал".

"Чего я не понимаю, так это почему. Почему они вернулись сейчас? Что изменилось..."

"Все это отличные вопросы, на которые я не могу ответить", - сказал Сэм. "Но, о, вот кое-что интересное. Тут говорится, что, будучи богинями судьбы, они помешали человеку узнать о будущем".

"Как именно?"

"Там не сказано", - сказал Сэм, как раз когда Эмили снова появилась, чтобы освежить его чашку кофе. "Немного", - сказал он. Он боялся, что будет плыть домой, если выпьет еще кофе.

"Твой завтрак будет готов через секунду", - сказала она. "Надеюсь, ты голоден!"

"Определенно да", - сказал E-Z, снова пытаясь выпить свой густой коктейль и с некоторым успехом втягивая его через соломинку.

Эмили улыбнулась, а затем пошла поприветствовать новых клиентов.

"До всего этого, - сказал Сэм, - я никогда даже не слышал о фуриях. Здесь говорится, что и в греческой, и в римской мифологии они были духами справедливости и мести. Другое их имя - Эринии - означает "разгневанные"". Он прокрутил страницу вниз. "Я вижу несколько упоминаний в игровом мире. Ни одно из прилагательных, используемых для их описания, не противоречит тому, что мы уже знаем, то есть фурии - злобные зловещие существа, не проявляющие милосердия".

"Хотелось бы, чтобы ПиДжей и Арден снова были с нами. С их игровыми чародейскими знаниями, держу пари, они бы знали, что делать. С тех пор как мы их потеряли, я корил себя за то, что потерял связь с ними. А все потому, что я слишком увлекся собой, став супергероем. Я очень скучаю по этим ребятам".

"Они бы не хотели, чтобы ты себя пинал. И я тоже скучаю, когда вижу их рядом".

Эмили поставила еду на стол: "Приятного аппетита!" - сказала она.

И-Зи и Сэм жадно ели, некоторое время не разговаривая. После множества звуков наслаждения едой они возобновили свой разговор.

"Я как раз думал о плане - победить их внутри игры. Звучит неплохо - или мы так думали, пока Рафаэль не сказала нам обратное. Хорошо, что она сказала нам прямо, иначе... ну, я даже не хочу думать о том, что могло случиться с кем-то из детей".

"И все же я продолжаю думать, что у фурий должна быть ахиллесова пята. Ты помнишь эту историю?"

"Помню. Если у них и есть слабое место, то я не знаю, какое. Мы знаем, что они смертны, как и мы. Если они могут умереть, как и мы, то, по крайней мере, это равное игровое поле".

"Давай еще немного сосредоточимся на их слабостях: гнев, обида, мстительность".

"Это те же вещи, за которые они наказывают других, так как же это может быть их слабостью?" спросил И-Зи, запихивая в рот полную вилку блинов. "Значит, хорошие".

Сэм кивнул: "Это точно". Он сделал еще один глоток кофе. "Верно, а это значит, что мы можем использовать против них те же вещи, за которые они наказывают других".

"Но как?"

"Этого я не знаю - пока".

"Возможно, нам понадобится не одна такая совместная сессия, чтобы во всем разобраться", - сказал E-Z. Его вторая тарелка, полная блинов, была поставлена на стол перед ним.

"Энн только что звонила и сказала, чтобы я обязательно принесла вторую порцию блинов для тебя", - сказала Эмили.

"Спасибо. И передай Энн, что я надеюсь, что она скоро почувствует себя лучше".

"Обязательно. Еще кофе?"

Сэм кивнул, и она наполнила его чашку. Когда Эмили ушла, он сказал: "Ух, вернусь через секунду", - и отправился в ванную.

E-Z повернул экран к себе и набрал текст:

КАК УБИТЬ ФУРИЙ?

Выскочило несколько ответов, но все они были связаны с тем, как победить трех богинь в качестве персонажей в игровом мире.

Сэм вернулся. "Нашел что-нибудь?"

"Ничего полезного. Хотя там говорится, что корни Фурий могут уходить аж в доисторические времена".

"Ну, родословная Малыша тоже уходит довольно далеко в прошлое".

"Видел бы ты, как быстро он сожрал тот огненный шар! Ни секунды не раздумывая".

Закончив трапезу, они поблагодарили Эмили и отправились домой. Они были настолько сыты, что не думали, что когда-нибудь снова будут есть.

"Было очень приятно провести с тобой утро", - сказал И-Зи. "Чувствовал себя как в старые добрые времена".

"Конечно, было. Давай повторим это в ближайшее время. А пока давай побольше думать о том, чему мы сегодня научились, ведь, как гласит старая поговорка, где есть воля, там есть и путь".

"Верно, верно, дядя Сэм. Правда-правда".

ГЛАВА 12
В ДОМЕ

Когда они вернулись в дом, первое, что сделал Сэм, - обнял жену. Она была рада его видеть, но ее руки были заняты приготовлением завтрака.

"Рада, что тебе понравилось", - проскрипела Саманта.

"Я могу чем-нибудь помочь?" спросил Сэм, оценивая ситуацию с близнецами.

"Все под контролем", - ответила Саманта, когда позади нее близнецы испустили вопль.

В основном потому, что Харуто на мгновение приостановился, играя в свою версию hon no piku, что в переводе означает "пикабу". В версии Харуто он делал лицо, потом очень быстро кружился, пока не исчезал, потом появлялся снова, и близнецы хихикали.

"Это очень креативно!" сказал Сэм, когда Лачи взял на себя развлекательную роль.

Лачи сразу же перешел к нескольким подражаниям животным и получил восторженные отзывы близнецов, когда засмеялся, как кукабурра:

koo-koo-koo-koo-kaa-kaa-KAA!-KAA!-KAA!

Затем настала очередь Чарльза развлекать своей историей под названием "Три валуна".

"Ива?" сказал Харуто, что в переводе означает "валуны".

"Да", - ответил Чарльз, когда E-Z и Сэм отступили к дверному проему, чтобы тоже послушать историю, а Альфред, Собо, Бренди, Лия и Саманта продолжили заниматься приготовлением еды.

"Давным-давно, - начал Чарльз, - жил-был холм, высоко над Ла-Маншем. На нем было много-много валунов. На самом деле их было слишком много, чтобы сосчитать.

"В этот день на холм въезжал большой и тяжелый грузовик, скрипя и скрежеща своими шестеренками. Когда он добрался до вершины, то развернул подъемник для валунов, который с трудом справлялся с весом каждого куска камня. В течение нескольких часов ему удалось собрать столько камней, сколько он смог. Пока кузов грузовика не стал полным. Но не переполнен. Переполнение означало, что валуны будут скатываться с грузовика при движении, чего следовало избегать любой ценой.

"Грузовик спустился с холма. Он перегрузил валуны в другой грузовик, побольше. Грузовик, который был слишком большим, чтобы вообще подняться на холм, и на нем не было подъемного механизма. Когда грузовик поменьше снова опустел, он снова поднялся на холм. Вскоре он снова был полон валунов.

"Этот процесс повторялся несколько раз, пока больший грузовик не был заполнен до самого верха. Все оставшиеся валуны нужно было перевезти в меньший грузовик. Теперь, когда оба грузовика были полны, тяжелая работа была закончена. Итак, наступило время обеда. И мужчины съели свои бутерброды и выпили свои термосы, полные горячего сладкого чая.

"Снова на вершине скалы остались только три одиноких валуна. Они грустили, потеряв своих друзей, и чувствовали себя отвергнутыми, нежеланными, ненужными и довольно злыми одновременно. Ощущение слишком большого количества эмоций одновременно может сбить с толку, но разделение чувств с друзьями может помочь, поэтому три валуна обсудили свое затруднительное положение."

"Что они делают со всеми нашими друзьями?" - спросил первый валун, которого звали Рокки.

"Не знаю", - ответил второй валун, которого звали Пебблз. "Наверное, им тоже нужны друзья там, куда они отправляются. Я точно буду по ним скучать".

"Нет", - сказал третий валун, который был старше и мудрее и которого звали Крагги. "Их забирают не для того, чтобы они посмотрели мир. И не для того, чтобы стать их друзьями. Разве ты не знаешь, что они дробят нас, чтобы проложить свои дороги".

"Нет!" воскликнули Рокки и Пебблз. "Они не могут раздавить наших друзей в кашу!"

"Я бы хотел, чтобы они забрали и меня", - сказал Крагги. "Я слишком стар, чтобы продолжать сидеть здесь, в такую суровую погоду. Суровые ветра пробивают мой внешний слой, и я был бы не против провести свое будущее в качестве дороги. По крайней мере, тогда у меня была бы цель".

"Цель?" воскликнул Рокки. "Ты называешь целью быть раздавленным и чтобы каждый день и каждую ночь по тебе проезжали машины?"

"Это лучше, чем вечно сидеть здесь, только мы трое. Я устал от ветра, дождя и всего остального", - сказал Крагги.

"Ну, если ты так хочешь, - сказала Пебблз, - то все, что тебе нужно сделать, это скатиться с края. Ты упадешь прямо в кузов грузовика внизу и уедешь вместе с остальными нашими друзьями".

"О, это слишком далеко", - сказал Рокки, подкатывая себя чуть ближе к краю. "Ты действительно хочешь бросить нас так сильно? Разве ты не можешь найти цель, оставшись здесь с нами? Ты нужен нам. Ты старше и мудрее".

Крагги подошел к краю и заглянул за борт. Так и есть, грузовик был прямо там. Несколько бисеринок пота стекали вниз. То ли это были бисеринки пота, то ли слезы.

"Это ужасно длинный путь вниз", - сказал Крагги. "И было бы неправильно с моей стороны оставить вас двоих одних".

Пебблз сказал: "А что, если ты промахнешься мимо грузовика и разобьешься на кусочки там, внизу! Мы были бы здесь, наверху, с этим чудесным видом, а ты был бы там, внизу, совсем один".

"К тому же, - сказал Рокки, - однажды они могут вернуться за нами. А пока мы можем поболтать, насладиться видом и свежим воздухом".

Внизу под ними снова заработал грузовик.

ЧУГГА-ЧУГГА ВРУМ, ВРУМ.

"Сейчас или никогда", - сказал Крагги, когда грузовик отъехал.

"По крайней мере, мы вместе", - сказал Рокки.

"Три валуна теснились плечом к плечу. Они повернулись спиной к ветру, вдохнули свежий воздух и посмотрели на восхитительный вид заходящего на горизонте солнца.

"Мораль этой истории такова", - сказал Чарльз...

Это были последние слова, которые E-Z услышал перед тем, как снова оказаться во взорванном бункере.

ГЛАВА 13
SILO

"С возвращением!" - произнес голос в стене с таким воодушевлением, что плечи И-Зи напряглись, словно на них кто-то стоял. Не желая отвечать, он перекатил плечи сначала вперед, потом назад, надеясь снять напряжение.

"DOT. ДОТ", - сказал второй голос в стене, но на этот раз голос был более тихим, почти шепотом.

Он открыл рот, чтобы ответить, но ничего не пришло ему в голову, поэтому он продолжал молчать, не считая хруста пальцев, который, как он надеялся, облегчит его напряженное тело.

Первый голос, уже более спокойным тоном, спросил: "Я вижу, ты чувствуешь себя напряженным, обеспокоенным. Могу ли я предложить тебе что-нибудь, чтобы скоротать время в ожидании? Напиток? Книгу? Путешествие в своем сознании?"

Она была очень проницательна для голоса в стене, и это помогло ему немного расслабиться, однако он не хотел соглашаться на ее предложение, не представляя, что может включать в себя путешествие в сознании.

"Я вижу, ты сомневаешься..."

Он сел в кресло прямо и высоко, и побарабанил пальцами по ручкам, как будто качался под "Smoke on the Water" Deep Purple. Они с отцом дуэлились на устаревшей версии Guitar Hero и отрывались по полной. Вспоминая этот момент сейчас, он чувствовал себя так, словно отец был с ним в бункере.

"Ты уверен, что не хочешь отправиться в путешествие по своему разуму?" - снова спросила женщина в стене. "У тебя будет взрыв!"

Взрыв. Он только что использовал это слово в своем воображении, чтобы описать Guitar Hero-ing со своим отцом. Несомненно, женщина в стене могла читать его мысли.

"А что именно?" - поинтересовался он. "Не то чтобы я хотел попробовать, нет, пока не узнаю побольше о том, что это включает".

"А что, это место, куда я могу тебя отправить. Особое место, где ты сможешь жить мечтой".

Это звучало невероятно... и прежде чем он успел ответить...

ДУХ ДУХ ДУХ,

ДУХ-ДУХ-ДУХ-ДУХ

DUH DUH DUH DUH

DUH DUH DUH.

Он стоял на сцене, играя на лид-гитаре, с группой, которую он сразу же узнал как оригинальную Deep Purple.

Вокалист, который покинул группу, но играл на оригинальной гитаре в Smoke in the Water, похоже, не возражал против того, что E-Z теперь играет его партию и не так уж плохо справляется с ней. Певец показал ему большой палец вверх, а затем прошел через сцену к тому месту, где E-Z сидел в своем инвалидном кресле. Вместе они сыграли несколько риффов, пока зрители кричали, подбадривали и аплодировали. Следующее, что он осознал, - это то, что он снова оказался в бункере, но то напряженное чувство, которое он испытывал раньше, теперь полностью исчезло.

"Спасибо! Это было чертовски фантастично! Я не могу передать, как много это для меня значило. Я никогда этого не забуду. Никогда!" - он замешкался и подумал, что единственное, что могло бы сделать это лучше, - это присутствие его отца на сцене вместе с ним.

"Извини, что я не смог включить твоего отца... но это было лишь предварительное выступление. И тебе очень рады. А теперь сиди спокойно. Время ожидания - одна минута".

"Думаю, тогда настоящая вещь взорвет мне мозг!" сказал E-Z, откинув голову назад и снова переживая этот опыт, уже чувствуя себя настолько полностью расслабленным, что мог бы и вздремнуть.

PFFT.

Запах на этот раз был другим: мята и что-то еще, что он не мог определить.

"Это розмарин", - сказал голос в стене.

"Весьма освежающий". Его глаза были закрыты, и он дрейфовал в своих мыслях, когда крыша над его головой зевнула. Он встряхнул головой и открыл глаза, готовясь к тому, что должно было произойти.

Лучи света проникали в металлический контейнер, отскакивая и отражаясь от стенки к стенке. Он прикрыл глаза, чтобы защитить их от пугающего светового шоу. Когда прыгающая иллюминация закончилась, через открытую крышу внутрь заглянула фигура. Как же она вошла. Это был Рафаэль.

"Привет", - сказал он. "Это был неплохой вход".

"Меня повысили, - признался архангел, - и требуется определенная пышность. Возможно, в данном случае немного переборщил, но это относительно новое повышение. Все повышения имеют кривую обучения".

"Поздравляю с повышением".

"Спасибо, а теперь давай перейдем к делу, почему ты здесь".

"Конечно".

E-Z терпеливо ждал, когда Рафаэль снова заговорит, но некоторое время она не говорила. Вместо этого она порхала вокруг, как птица, впервые пробующая свои крылья.

Выпендривалась ли она? Если да, то почему? И тут он увидел: на ней были совершенно новые очки. Они были больше, с более выразительной оправой и толстыми линзами и делали ее похожей на женскую версию мистера МакГу.

"Хм, классные очки", - соврал он.

"Они не были моим первым выбором", - признался Рафаэль, - "но они должны подойти". Она придвинулась ближе к тому месту, где он сидел, и нависла над ним. "Похоже". Она остановилась и неловко пошевелилась.

SKIDOO

Появилось кресло, на которое она на секунду присела.

SKIDOO

И оно исчезло. Она снова зависла. Приложила открытую ладонь к лицу. "До нашего сведения довели несколько вещей. Я имею в виду это не в королевском смысле, а как все архангелы".

"Такие?"

И снова она заерзала.

"Может, попросить стену распылить немного лаванды, чтобы расслабить тебя? Ты выглядишь довольно напряженным".

Затем она закричала ему в лицо: "ЛАВАНДА НЕ РАБОТАЕТ НА АРХАНГЕЛОВ! Это мерзкая, человеческая..." Она глубоко вздохнула. "Мне очень жаль".

"Все в порядке. Я понял, тебе нужно сообщить мне плохие новости. Лучше сорвать пластырь. Что я имею в виду, просто скажи мне прямо".

"Очень хорошо. Вот так".

E-Z наклонился ближе: "Ладно, снимай".

Из динамиков в стене заиграла песня, что-то про стрельбу в шерифа.

Поначалу он напевал, но потом услышал: "Стоп!". скомандовал E-Z. "И скажи мне, зачем я здесь".

"Он хочет сразу перейти к делу", - сказал себе Рафаэль. "Ну что ж, тогда вот оно. Я сразу перейду к делу".

"Хорошо, ты так и сделаешь". сказал E-Z, желая, чтобы она это сделала.

"В двух словах", - сказала она, - "Эриэл был пойман с поличным - играл за обе стороны".

"Играя что?" И тут что-то в его сознании дрогнуло. "Нет, ты же не хочешь сказать, что он предал нас?"

Она постучала костлявым пальцем по подбородку, а И-Зи открывал и закрывал рот, как мелюзга из воды.

"Да. Эриел был лично ответственен за гибель твоей подруги Розали. Он также ответственен за разрушение Белой комнаты. Все он. Все Эриел".

И-Зи все это воспринял. Бедная Розали. "Подожди! Разве он не работал на тебя? Я имею в виду, разве не ты им командовал? Как это могло случиться в твою смену? Я читал кое-что об архангелах, но предавать детей, которые добровольно помогают тебе, - это так низко, как только можно опуститься. Думаю, леопарды не меняют своих пятен".

"Я не отвечал за Эриэля. Мы с ним были сослуживцами, товарищами. Мы работали вместе, и я думал, что уважаем друг друга. Я ошибался".

"И все же тебя повысили".

"Да, повысили, но эти две вещи не были напрямую связаны. Все, что я могу тебе сказать, это то, что Эриел когда-то был одним из нас, а теперь его нет. Предав нас и тебя. После того как он отвернулся от своих принципов - всего, за что мы стоим, - он выбыл. Я имею в виду, навсегда".

E-Z задохнулся. "Ты хочешь сказать, что Эриел разоблачил нас? Под нами я имею в виду себя и свою команду?"

"Майкл, который является нашим лидером, допрашивал Эриэля. Пришлось приложить некоторые усилия, чтобы заставить его говорить. Но он признался, что вернул "Фурий" на землю. В том, что использовал их для продвижения своей станции. Искупления не будет. Никакого прощения для Эриэля".

"У меня нет слов. Как это произошло?"

"Как?" Ну, если бы мы знали, как, то знали бы и почему - а этого мы не знаем. Что мы знаем, так это то, что он Эриел, а Эриел всегда делает то, что лучше для Эриела. Мы знали, что у него есть проблемы, и все же продолжали давать ему возможности проявить себя - а когда он нас подводил, мы прощали его и давали ему еще один шанс, и еще. Мы продолжали верить в него до сих пор. С ним покончено. Закончил."

"Закончил? Ты имеешь в виду умер? Разве архангелы умирают? И почему ты дал ему столько шансов? Разве ты не знаешь поговорку: три удара - и ты в ауте?"

"Да, я слышал эту бейсбольную терминологию, но мы архангелы, и от всех нас ожидают неудач или рецидивов на каком-то уровне. И ты прав насчет инцидента в Эдемском саду. Наша история уходит далеко в прошлое... но мы думали, что становимся лучше, совершенствуемся. Я сам - святой покровитель молодых людей, таких как ты и твои друзья.

"Вот почему я предложил работать вместе с вами, чтобы победить этих ужасных фурий. А ведь именно Эриел подтолкнул меня к этому. Это он обнаружил тебя. Кто послал к тебе Хадза и Рейки. Пока не появились эти ужасные сестры, мы добавляли что-то положительное во все ваши жизни... Мы давали вам цель. Помнишь времена, когда ты хотел сдаться? Ты этого не делал, потому что мы помогали тебе продолжать".

"Ладно, я понимаю, что Эриель - злодей. Что это значит для меня и моей команды? Судя по тому, где я сижу, наша миссия оказалась под угрозой. Так что мы выбываем, и я думаю, что тебе стоит перейти к плану Б".

"Проблема в том, что", - сказал Рафаэль, а затем остановился, так как потолок над ним снова открылся, и Офаниэль без всяких церемоний спустилась к ним.

"Давно не виделись", - сказала Офаниэль, обращаясь к E-Z. Затем обратилась к Рафаэлю: "Он в порядке?".

"Да. И я очень рад, что ты здесь, потому что он хочет знать, каков наш план Б".

Офаниэль кивнул. "Очень хорошо. Если говорить как можно яснее, то у нас нет ни плана В, ни С, ни D - потому что ты и твоя команда были всеми нашими планами, свёрнутыми в один".

E-Z в недоумении покачал головой. "Разве вы, архангелы, не слышали фразу: "Не клади все яйца в одну корзину"?"

Офаниэль рассмеялся. "Да, ее происхождение - от персонажа Сервантеса Дон Кихота, но для меня она никогда не имела смысла. Возможно, потому что мы, архангелы, не едим яйца. От одной только мысли об их желеобразной игольчатости - фу - мне хочется рвать".

"Мне тоже", - сказала Рафаэль, прикрывая рот тыльной стороной ладони. "Помимо их отвратительного вида, зачем вообще класть яйца в корзину? Почему не в миску? Если ты готовишь яйца..."

"Согласен", - сказал Офаниэль. "Я видел, как Джейми Оливер готовит омлет. Он сначала использует миску, а потом готовит их".

"Ох, брат, и я не могу поверить, что вы, архангелы, смотрите хоть какое-то телевидение, не говоря уже о Джейми Оливере". Он покачал головой. "Это значит, что если ты положишь все яйца вместе, в одно место - например, в корзину, или миску, или сковороду, или что ты предпочитаешь, - если ты уронишь корзину, миску или сковороду, то все яйца будут разбиты и испорчены скорлупой - так что на завтрак у тебя не будет яиц".

"Но разве куры не несут яйца каждый день? Так что, если ты не получишь яиц сегодня, ты просто вернешься завтра", - сказал Офаниэль.

"А что такое один день без яйца?" поинтересовался Рафаэль.

И-Зи раскрыл ладонь и шлепнул ею по голове. "Аргхх!" Архангелы смотрели на него и ждали, пока он очень глубоко вдыхал, а потом очень громко выдыхал. "Что мы будем делать с этой ситуацией с Эриэлем?"

"Во-первых, - сказал Офаниэль, - сегодня к тебе по твоей особой просьбе возвращаются, барабанная дробь, два твоих друга..."

POP

POP

Хадз и Рейки, или то, что напоминало двух ангелов-подражателей, прибыли. Они были почерневшими от сажи с головы до ног. Их лепестки были причудливыми, рваными, некоторые были открыты и подняты, некоторые - мертвые и увядшие. Их крылья поникли, словно они забыли, как летать, или у них больше не было желания, а их лица, выражение их лиц выражало крайнее отчаяние.

"Ч-что с ними случилось?" - спросил он.

Офаниэль приблизился к двум перемещенным подражателям ангелов, и они отпрянули.

"Теперь вы в безопасности", - сказал Рафаэль мягким материнским голосом, отчего они разразились рыданиями, перешедшими в вопли.

Офаниэль закрыла уши, затем придвинулась ближе к И-Зи и прошептала. "Эриель заточил их в темницу. На этот раз нам потребовалось некоторое время, чтобы найти их. Бедняжки ничего не могли с собой поделать, ведь он лишил их сил".

"Бедняжки", - сказал E-Z.

И-Зи, Офаниэль и Рафаэль повернулись к существам. Хадз и Рейки попытались улыбнуться. Но у них даже близко не получилось.

Эти двое метались, словно отбивались от стаи стервятников.

"Не двигайтесь", - сказал Офаниэль.

Хадз и Рейки прекратили движение. Теперь они сидели, как пара грязных кукол, не сводя глаз ни с чего и ни с кого. Они были тенью своих прежних сущностей.

"Не хочу показаться грубым, - прошептал И-Зи, - но в своем нынешнем состоянии они нам не очень-то помогут. Это если ты сможешь убедить нас продолжать этот план в сложившихся обстоятельствах".

Слова E-Z ударили по двум подражающим ангелам, как пощечина по лицу.

POP

POP

"Какая грубость и ненужная жестокость!" выругалась Офаниэль, прежде чем исчезнуть.

ZAP

"Ты показал нам очень жестокую сторону своего характера, И-Зи Диккенс, и если бы твои мать и отец были здесь, им было бы стыдно за тебя".

"Прости, - сказал E-Z, - но не смей никогда говорить со мной о моих родителях. Для вас, архангелов, они вне зоны доступа. Понял?"

Рафаэль кивнул.

"Кроме того, я не хотел задеть их чувства. Конечно, они нам пригодятся. Если нам придется сражаться с Фуриями, то нам понадобится вся помощь, которую мы сможем получить. Вернись, пожалуйста, Хадз и Рейки. Дайте мне еще один шанс".

Ничего.

И-Зи попытался снова. "Вернитесь, и вы станете очень желанными членами нашей команды".

POP

POP

Теперь пара была чистой и опрятной, как прежде.

"С возвращением", - сказал E-Z.

Хадз и Рейки подлетели к нему. Каждый занял место на одном из его плеч. Они невольно задрожали, испугавшись собственных теней.

"Все будет хорошо", - сказал он. "Мы прикроем ваши спины, теперь вы член нашей команды".

Они попытались улыбнуться, и он оценил эти усилия.

"Итак, - сказал E-Z, - что именно Эриел рассказал о нас "Фуриям"?"

"Он сказал им, что мы посылаем детей, чтобы победить их, - вот и все".

"Это то, что он сказал тебе? Откуда нам знать, что он не врет? И как мы узнаем, какова конечная цель "Фурий"?"

"Мы думаем, что знаем, что конечной игрой Фурий и Эриель был контроль над Землей. Они собирались нажать EARTH PAUSE и превратить ее в Новый Аид, то есть ад на земле. Где они могли бы править, сформировав команду из душ, которые были бы в их власти. Да, они выпустят души на волю, но как только они получат свободу - им придется от нее отказаться".

"А почему они согласились бы от нее отказаться?" - спросил он.

"Потому что люди, даже человеческие души не могут переработать концепцию свободы. Вместо этого они предпочитают быть скованными. Отсутствие свободы - это человеческое одеяло безопасности".

"Это ложь", - сказал E-Z. "Меня это так злит! Мы, люди, умеем ценить свою свободу. Мы любим природу, возможность дышать воздухом, делиться своими мыслями и чувствами с другими, ценить мир и все, что мы в нем имеем".

"Достаточно зол, чтобы бороться за свою свободу и свободу других?" сказал Офаниэль.

И-Зи даже не заметил, что она вернулась.

"Да", - сказал он. "Но скажи мне, в этом их новом мире они выбирали только те души, которые могли контролировать. Что бы случилось с остальными?"

"Они бы вечно плавали вокруг, не имея дома", - сказал Рафаэль. "В этом их новом мире загробная жизнь была бы ликвидирована. Земля вечно находилась бы в состоянии паузы. Души оставались бы в телах, которые больше не были бы живыми, но и не были бы мертвыми. Сердца больше не бились бы. Не будет больше любви и детей. Никаких душ, которые могли бы вознестись - больше - никогда".

E-Z молчал, размышляя, впитывая все это.

Голос в стене спросил: "Кто-нибудь хочет подкрепиться?".

"Нет, спасибо", - сказал он, но был рад, что его прервали, так как это вернуло его к настоящему моменту. "Я понимаю, для чего Эриел использовал "Фурий". Но факт остается фактом: он такой же архангел, как и ты, и ты знал, что у него есть проблемы, но все равно давал ему шанс за шансом, даже когда он этого не заслуживал. И теперь я задаюсь вопросом, почему мы, я и моя команда, должны исправлять то, что испортил один из твоих собственных архангелов?"

"Потому что..." начал Рафаэль.

"Я еще не закончил, - сказал E-Z, - до того, как вы с Эриэлем посетили мой дом, когда он познакомился с моей семьей и другими членами команды, мы решили, что он на нашей стороне. Он видел, где мы живем. Он знает о нас всё. Мы в смертельной опасности из-за него".

"Это правда", - сказал Офаниэль.

"Неоспоримая, и мы очень сожалеем", - сказал Рафаэль.

"Пусть Эриел отзовет их. Он создал этот беспорядок, и он должен его исправить". Он грохнул сомкнутыми кулаками по ручкам своего кресла, заставив Хадза и Рейки подпрыгнуть и задрожать. Он погладил ангелов-подражателей по голове. "Все в порядке, простите, что расстроил вас".

"Браво!" радостно воскликнул Хадз.

"Ура!" воскликнул Рейки.

Рафаэль и Офаниэль в унисон сказали: "Эриель скован глубоко в недрах земли. Он находится в таком месте, куда не осмелится зайти ни один человек. Короче говоря, его нельзя достать".

"Но ведь мы однажды сбежали из шахт", - сказал Рейки.

"Дважды", - сказал Хадз.

"Он не в шахтах, он в другом месте, дальше вниз, не так далеко вниз, как в пожарах, но в другом месте, где так холодно, что все превращается в лед, даже кровь, текущая по венам. Место, где ни один человек не смог бы выжить!

"Эриель там тоже бессилен, так как его лишили сил. Он находится под замком, никого не видит. Ничего не слышит. Его никогда не выпустят из этого места - НИКОГДА".

"Я хочу поговорить с ним", - сказал E-Z. "Мне нужно задать ему вопросы - вопросы, на которые может ответить только он".

Рафаэль и Офаниэль закричали: "Нельзя! Вы не должны!"

"Тогда я отказываюсь от поддержки своей команды. Пожалуйста, верните меня в мой дом. Харуто и остальные могут вернуться к своим семьям". Он замолчал, так как в его сознании промелькнули воспоминания о ПиДжее и Ардене. Если он ничего не сделает, они застрянут в коме, возможно, навсегда.

Он вспомнил все те случаи, когда они помогали ему. Его первый день возвращения в школу в инвалидном кресле. То, как они заново ввели его в игру в бейсбол - все парни из команды вышли на поле, чтобы поприветствовать его. Когда они помогли ему пережить все это, когда умерли его родители. По его щеке скатилась слеза. Он вытер ее.

"ВЗЯТЬ ЕГО!" - прогремел голос в стене.

Потом вдруг стало очень, очень холодно. Настолько холодно, что он вообразил, будто действительно чувствует, как кровь в его жилах превращается в лед.

ГЛАВА 14
ERIEL ON ICE (НА ЛЕД)

Совсем один. Очень одинокий. И так холодно, так очень-очень холодно. Он словно находился внутри полого кубика льда. Когда он вдохнул, лед заполнил его легкие.

Он подошел к краю. Он вдохнул в него. Он затуманился. Это был не кубик льда, а стеклянный кубик. И там была ручка. Она выглядела так, будто была сделана из медали. Боясь, что его кожа прилипнет к ней, он использовал свою рубашку и открыл ее.

Внутри оказалась целая коллекция теплых одеял, пуховиков, кардиганов, шапок, перчаток - всего понемногу. Он залез внутрь и накрылся одеялом.

Когда он засунул руки в кардиган, его мысли вернулись к тому моменту, когда его отец надел похожий свитер на лыжную прогулку. Он был зеленого цвета, как и этот, и снаружи казался шершавым на ощупь, но внутри был теплым, как тост. Когда он натянул его на себя и застегнул спереди, в ноздри ударил дубовый запах любимого отцовского лосьона для бритья. В нем чувствовался запах отцовского лосьона для бритья. Сильное чувство дежа вю охватило его, когда он вложил пальцы в пару черных бархатных перчаток - перчаток, которые, как он клялся, принадлежали его отцу. Однако их не могло быть, так как все было уничтожено в огне. Он обхватил себя руками, пытаясь согреться. Он решил, что это холод завладел его телом и разумом.

Он отодвинул несколько других вещей и обнаружил на дне коробки одеяло, которое сразу же узнал. Ручная вязка, которую его мать делала на диване ночь за ночью, и когда она закончила, то заняла свое место - на спинке кожаного дивана. Для ночных киносеансов и чтобы прикрыть глаза, если случится что-то страшное.

Он снял перчатки и потрогал его, чтобы убедиться, что оно настоящее, а затем провел кистью по щеке. Цветочный аромат маминых духов донесся до него и успокоил его. По его щеке пробежала слеза, когда он снова надел перчатки, а затем обернул мамино одеяло вокруг отцовского кардигана. Он надел одеяло, как капюшон, и вгляделся в окружающую обстановку.

Над его головой, но направленные вниз своими острыми шипами, возвышались сталактиты изо льда всех размеров и форм. Если бы один из них упал, то пронзил бы верхнюю часть его черепа и прошел бы сквозь него до самых пальцев ног. Он пожалел, что у него нет строительной каски -

BINGO

И на его голове появилась желтая каска, потом еще одна, и еще, и еще. Он почувствовал себя Любопытным Джорджем и улыбнулся. Теперь он был готов ко всему.

Он искал дверь, продвигаясь вдоль стен куба. Никакой ручки не было видно. Что это за тюрьма, в которую его засунули?

Наконец он нашел грани, в центре правой стены. Он снял перчатку и ногтем поцарапал поверхность того, что, как он вскоре обнаружил, было окном. То, что он увидел, не заставило его чувствовать себя менее тревожно. Его куб был одним из многих, тянущихся вдоль туннеля, насколько хватало глаз. Ни одного обитателя не было видно за застекленными окнами их собственных кабинок.

Он подышал на стекло и написал слово "HELP!", написанное задом наперед, на случай, если кто-то его увидит. Затем он быстро стер его, вспомнив, к кому пришел: Эриель.

E-Z двинулся вдоль передней части куба, к дальней стороне, и снова нашел раму, которая, как он был уверен, была окном. Он поскреб поверхность и вскоре нашел того, кого искал: предателя.

Некогда могущественный архангел выглядел жалко, словно кто-то уколол его булавкой и выпустил весь воздух. Его тело было приковано к стене. Сначала E-Z подумал, что его удерживает гравитация или какая-то невидимая сила, но при ближайшем рассмотрении он понял, что все тело Эриэля заключено в толстую глыбу льда. Куб Эриэля был сформован под его тело, поэтому ледяная вода заполняла каждый уголок его формы, и у него, в отличие от E-Z, не было доступа к одеялам.

КЛАНК. КЛАНК. КЛАНК.

E-Z повернул шею влево, когда услышал звук шагов, отдающийся эхом. Он чувствовал, что тварь приближается, но не мог ее увидеть.

КЛАНК. КЛАНК. КЛАНК.

И-Зи покачал головой. Ему нужно было сосредоточиться, оставаться в моменте, и все же он испытывал еще одно странное чувство дежа вю.

Его разум улетел назад, в сон, который приснился ему некоторое время назад на вечеринке по случаю дня рождения ПиДжея и Ардена. В том сне появилась фигура в капюшоне, издававшая похожий звук. Сон был о поиске пропавшей бейсболки.

Когда звук стал оглушительным, он разглядел фигуру - это был воин, больше, чем жизнь, с крыльями размером с два взрослых клена. В одной руке архангел держал золотой щит, а в другой - меч. И-Зи прикрыл глаза, когда свет ударил по корпусу меча.

КЛАНК. КЛАНК. КЛАНК.

Воин-архангел остановился перед Эриэлем, который не поднимал глаз, чтобы встретить взгляд новичка.

Пока он не остановился, Э-Зи не замечал огромных крыльев архангела, которые, пока он шел, находились в состоянии покоя. Теперь же воин поднял себя так, что их с Эриель лица оказались на одном уровне.

"К тебе гость", - сказал он.

Глаза Эриел оставались опущенными.

"Твои глаза меня не обманывают", - сказал воин. "Ты опозорил себя. Ты опозорил всех нас - и все же ты не сожалеешь и не раскаиваешься. Поговори со мной. Скажи, почему я вообще должен разрешить тебе принимать гостей".

Эриел продолжала смотреть на Пола, пока тот бормотал что-то невнятное.

"Говори!" - потребовал воин.

"Я раскаиваюсь!" прошипел Эриел. "Я раскаиваюсь в том, что не смог..."

"Молчи!" - потребовал воин.

КЛАНК. КЛАНК. КЛАНК.

Теперь воин стоял по ту сторону стекла, лицом к лицу с E-Z.

"Я Майкл", - сказал он.

"Э-э, привет, я E-Z". Он знал голос этого человека. Это он приказал Рафаэлю и Офаниэлю дать ему поговорить с Эриель.

"Встань", - сказал Майкл.

"Я не могу идти", - сказал он.

"Сможешь, если я скажу, - разоткровенничался Майкл, - и я скажу. Встань, И-Зи Диккенс!"

E-Z чувствовал себя как один из тех, кто готовится к исцелению на службе по телевизору. Неохотно он поднялся со стула. Его ноги немного шатались, в основном от страха, а не от неверия. В конце концов, Михаил был самым могущественным архангелом. Несколько секунд спустя E-Z стоял во весь рост внутри ледяной стены.

"Ты просил поговорить с тем падшим существом, которое находится вон там, на стене. Он не поможет тебе, так как прогнил до основания. И все же он ДОЛЖЕН помочь тебе. Он ДОЛЖЕН помочь всем нам, чтобы спасти себя от превращения в ледяную скульптуру - постоянное украшение этого места."

С каждым произнесенным словом голос Майкла заставлял E-Z чувствовать себя сильнее и увереннее.

Эриел поднял глаза.

На секунду И-Зи уловил в них что-то. Было ли это поражение? Раскаяние?

Эриел закрыл глаза, когда его тело обмякло в ледяной тюрьме, удерживавшей его.

"Кажется, он потерял сознание", - сказал E-Z.

КЛАНК. КЛАНК. КЛАНК.

Майкл вернулся, чтобы поближе рассмотреть свою ледяную тюрьму. Из верха его сапога выскользнула змея и начала ползти к лицу Эриель. Тварь ползла все выше и выше, ее вильчатый язык двигался взад-вперед, словно она жаждала крови.

Майкл сказал: "Тело моего друга прокладывает себе путь к твоему лицу, Эриел. Не собираешься ли ты открыть глаза и поздороваться?"

Эриел открыл глаза и, увидев, как змея пробирается по его телу, испустил крик.

"ГАРУУУУУУУУУУУУУУУУУУУУУММММММММММММ!

Майкл щелкнул пальцами, и змея прекратила движение. Ногтем Майкл поскреб лед. Внутри него тело Эриэля вибрировало. Как будто его било током.

"МММММММ, xxxxx, МММММММММ!"

"Остановись!" заплакал И-Зи, закрывая уши. "Пожалуйста!"

Майкл перестал скарпелировать. Он поднял руку, и змея обвилась вокруг него и проползла обратно в сапог.

"Этот мальчик проявляет к тебе милосердие, Эриел. Это больше, чем ты заслуживаешь".

Эриел продолжал стонать в отчаянии.

Майкл продолжил, повернувшись к E-Z: "Я дам тебе пять минут, чтобы задать Эриэлю все интересующие тебя вопросы".

Затем обратился к Эриэлю: "Мы можем заставить тебя поговорить с ним, но я бы предпочел, чтобы ты решил помочь ему по собственной воле. Когда-то давно ты решил спасти жизнь этому юноше. Он, в свою очередь, вернул долг. Теперь ты предал нас и должен заново завоевать наше доверие".

Майкл поднял ногу и пнул ледяную конструкцию, в которую была заключена Эриель. Она задрожала, но не треснула и не рассыпалась.

"Ты мне отвратителен! Ты ждешь, что этот человеческий мальчик исправит твои ошибки. На самом деле исправит твои ошибки. Тем не менее он хочет дать тебе шанс ответить на его вопросы. Так помоги ему. Это твой единственный шанс, твоя единственная возможность доказать нам, что внутри тебя все еще есть что-то, что стоит спасти. Какая-то часть тебя, которая еще не прогнила до основания".

Эриел поднял глаза: "Сир". Он снова опустил их.

"Ты можешь быть прощен, но если ты решишь не помогать ему - твое отсутствие сотрудничества будет должным образом отмечено".

Глаза Эриэля по-прежнему были устремлены в пол.

"Ты понял?" спросил Майкл. Когда Эриел не ответил, голос Майкла прогремел: "ТЫ ПОНИМАЕШЬ?".

Эриэлу показалось, что лед вокруг него задрожал и затрепетал от самого звука голоса Майкла, и он снова поблагодарил за все шлемы, защищающие его череп. Он надеялся, что их будет достаточно, иначе его навсегда похоронят в этом месте вместе с Эриел и Майклом, и он никогда больше не увидит ни дядю Сэма, ни своих друзей.

Эриел кивнула.

"Пять минут", - сказал Майкл.

КЛАНК. КЛАНК. КЛАНК.

И он исчез.

Они с Эриел остались одни.

E-Z придвинулся ближе к Эриэлю и спросил: "Как мы можем победить фурий?".

Эриел открыл рот, чтобы заговорить, но ничего не сказал. Он закрыл глаза.

"Пожалуйста", - умолял E-Z. "Пожалуйста, помоги нам".

КЛАНК. КЛАНК. КЛАНК.

Майкл уже вернулся. Не могло пройти и пяти минут - пока. Он ничего не узнал, совсем ничего не узнал от Эриэля.

Эриел со стиснутыми зубами и дребезжанием прошептал три слова: "Используй очки Рафаэля".

"Что?" заорал И-Зи, колотя кулаками по ледяной стене. "Как?"

Следующее, что он осознал, - это то, что он снова оказался в дверном проеме кухни. На нем больше не было одежды родителей, но в воздухе витали запахи отцовского лосьона для бритья и маминых духов. Он обнял себя за плечи и слушал, как Чарльз объясняет мораль своей истории.

"Мораль моей истории, - сказал Чарльз, - такова: "Все становится лучше, когда у тебя есть друзья, с которыми ты можешь это разделить".

"О", - сказал E-Z, когда Саманта объявила, что завтрак подан.

"Выстраивайтесь здесь. Возьми тарелку, салфетку и столовые приборы. Угощайся", - сказала она. "Это шведский стол".

Собо сказал "Сумогасубодо!" Харуто, который завизжал от восторга.

"Я приготовила суши", - сказала Саманта. "Это был мой первый раз".

Собо кивнул: "Спасибо, но в следующий раз позволь мне помочь тебе".

Саманта кивнула: "Это было бы замечательно".

И-Зи подвинул свой стул вперед.

Дядя Сэм прошептал, идя рядом с ним: "Куда ты пропал? Я имею в виду, что ты был там, и твой стул был там, но ты ведь тоже был где-то еще?".

"Э-э, да, я объясню позже. Мне нужно время, чтобы обработать все, что произошло. Дай мне несколько минут. Да, и кстати, спасибо".

"За что?" спросил Сэм.

"За завтрак, все было как в старые добрые времена. Весело".

"Давай сделаем так, чтобы в скором времени повторить это снова".

"Определенно", - сказал он, направляясь в свою комнату.

ГЛАВА 15
МИЛЫЙ ДОМ

Теперь, оставшись в одиночестве, я чувствовал себя хорошо, зная, что Эриел больше не представляет для них физической угрозы. Он был обезврежен благодаря Майклу, но только после того, как предал всех.

Эриел зашел слишком далеко, но почему? Почему он предал свой собственный вид? Прекрасно зная, что Майкл могущественнее его. В этом не было никакого смысла.

ПОП.

ПОП.

"Добро пожаловать домой!" - сказал он.

Хадз и Рейки приземлились перед ним на кровать: "Спасибо, И-Зи. Ты всегда относишься к нам по-доброму".

"Мне жаль, что Эриел был так ужасен с тобой. Хорошо, что он теперь заперт. Это то, чего он заслуживает".

"Что ты о них думаешь?" спросил Хадз.

"Не совсем понимаю, о чем ты".

"Мы отправили ящик".

"О, возможно, это не сработало", - сказал Рейки.

"Это были вы?" Глаза И-Зи слезились.

"Рад, что все дошло благополучно", - сказал Хадз, когда улыбки пары ангелов-подражателей растянулись по их лицам так, что, казалось, остальные черты их лица уменьшились.

"Спасибо тебе огромное. Я думал, что все, что принадлежало моим родителям, было уничтожено во время пожара". Он глубоко вздохнул, борясь со слезами. "Жаль только, что я не смог забрать это с собой. Хотя это очень много значило, даже просто иметь его для..."

ЗАП.

"Все, что тебе нужно было сделать, - это сказать слово. В конце концов, они твои", - сказали они.

Это было там, в конце его кровати. Ящик его родителей, или то, что они называли своей коробкой с одеялами. В нем лежали сокровища, которые он перебирал в детстве. А теперь это было его. Осязаемый сундук с сокровищами, наполненный воспоминаниями о его родителях.

"Но как?" - спросил он.

"Нам удалось спасти несколько вещей, заскочив туда и обратно, когда дом горел", - ответил Хадз.

"Мы решили сохранить их для тебя, пока ты не будешь готов получить их обратно. Надеемся, что время было выбрано правильно".

Он, как во сне, двинулся к сундуку и открыл крышку. Мускусно-древесный запах после бритья отца, смешанный со сладковато-цитрусовыми духами матери, встретил его как объятие. Осторожно, чтобы не выпустить все это за один раз, он аккуратно закрыл крышку.

"Я не могу отблагодарить вас двоих. Я никогда не смогу отблагодарить вас. Я пройду через все, в другой раз. Еще раз огромное спасибо вам обоим". Он протянул руки, и два подражающих ангела влетели в них.

"Он становится слишком сопливым", - сказал Хадз.

"Кто-нибудь говорил тебе, что тебе нужно подстричься?" спросил Рейки.

Е-Зи пальцами расчесал волосы и погладил центральную часть, которая из-за пребывания в холодных недрах земли стояла дыбом, как щетина в щетке. "Лучше?"

"Немного", - ответил Хадз.

"Ладно, мне нужно сосредоточиться. Скоро сюда придут остальные, чтобы узнать последние новости о ситуации с Эриэлем. Мне нужно рассказать им о Майкле. Думаешь, они будут впечатлены тем, что я с ним познакомился?"

"Неважно, впечатлятся ли они", - сказал Хадз. "Важно то, что Эриел рассказал тебе что-нибудь стоящее?"

"Да, но я все еще пытаюсь понять, что он имел в виду".

"Расскажи нам, может, мы сможем разгадать эту тайну!"

"Что кто имел в виду?" спросил Альфред, просовывая свой клюв в комнату.

"Заходи", - сказал И-Зи.

Альфред пробрался внутрь. Сейчас был сезон линьки, и несколько перьев развевались за его спиной. "Привет Хадз, привет Рейки".

"Привет", - ответили они.

"Длинная история, но сразу к делу: меня вызвали обратно в бункер, где Рафаэль и Офаниэль ввели меня в курс дела относительно Эриэля. Он действовал со всех сторон. Притворялся союзником с нами, архангелами и Фуриями. Не волнуйся, его предательство было раскрыто, он был схвачен и заключен в тюрьму. Его охраняет главный архангел Михаил, который позволил мне коротко поговорить с Эриэлем".

"И что же сказал Эриель?" поинтересовался Альфред.

"У меня было время задать ему только один вопрос. Поэтому я спросил его, как мы можем победить Фурий. Поэтому я и пришел сюда, чтобы обдумать то, что он сказал".

"А, так ты хотел побыть один?" спросил Альфред. "Пойдем, Хадз и Рейки, дадим Е- немного тишины и покоя". Он двинулся к двери, но они остались на месте.

"Решенная проблема - это общая проблема", - пели они.

"Правда". И это была мораль истории Чарльза".

"Ладно, собирайтесь". Он сделал паузу, затем сказал: "Эриель сказал, что мы должны использовать очки Рафаэля".

"Так, и это все?" сказал Альфред. "Я понимаю, почему ты не уверен, что он имел в виду. Это очень расплывчато".

"Я знаю. И он не сказал, как их использовать".

Хадз наклонился и что-то прошептал Рейки.

ПОП.

POP

И они исчезли.

"Возможно, начни с самого начала. Расскажи мне в точности то, что сказала тебе Эриель".

"Я уже рассказал. Он сказал использовать очки Рафаэля. Вот и все. Майкл заставил нас засечь время. Сначала я думал, что Эриел не скажет ни слова. Он произнес эти три слова, и время пошло. Следующее, что я понял, - это то, что я снова здесь".

Альфред поморщился и заметил коробку с одеялом на краю кровати. "Что же это такое?"

"Она принадлежала моим родителям", - сказал E-Z, борясь с рыданиями. "Хадз и Рейки спасли его из огня. Они просто сказали мне, что спасли его для меня - даже подвергли свою жизнь риску".

"Это было так, - он прослезился, - заботливо с их стороны. Ты уже прошел через это?"

"Нет, но собираюсь".

"Каким был Майкл?"

"Он сильно лязгал при ходьбе. Это напомнило мне сон, который я видел о ПиДжее, Ардене и гильотине".

"О, я помню, как ты рассказывал нам об этом сне. Он был таким же страшным, как палач?"

"Майкл был очень зол, и справедливо. Эриель предал его, всех архангелов и нас. Чего я не понимаю, так это того, что могло стоить такого риска?"

"Власть - некоторые люди готовы на все, чтобы получить ее. Но нам нужно понять, как использовать очки Рафаэля, чтобы остановить план, который Эриел и Фурии привели в действие".

И-Зи снял их со своего лица. Когда он носил их, кровь не пульсировала и не двигалась в оправе, как это было, когда их носил Рафаэль. На нем они были такими же, как и любые другие очки.

"Прикажи очкам что-нибудь сделать", - предложил Альфред.

"Очки исчезают", - скомандовал E-Z.

Он уронил их, и они приземлились на пол.

E-Z вздохнул. Две головы определенно не были лучше одной в данном случае. Он рассмеялся.

"Приятно было увидеть вернувшихся Хадза и Рейки. Они здесь останутся? Я имею в виду, чтобы помочь нам?"

"Да, но они через многое прошли в последнее время и, возможно, страдают от ПТСР - это посттравматическое стрессовое расстройство".

"Да, я знаю. Что случилось?"

"Эриель случился, вот что. Судя по всему, он сеет хаос и разрушения на Земле и повсюду". E-Z сделал паузу. "А что, если я использую очки, чтобы изменить свою форму?"

"И что сделать?"

"Если бы я мог изменить свою форму, то смог бы посетить Фурий в образе Эриель".

"Это сработает, только если они не будут знать, что его поймали", - сказал Альфред.

"Да, но если бы они не знали. Подумай, какой ущерб я мог бы нанести. Я мог бы войти туда.

Они бы подумали, что я на их стороне. И я мог бы повернуть против них. Бам, я могу выбить их прямо из парка!".

POP.

ПОП.

"Это было бы слишком опасно!" Hadz shrieked.

"Wayyyyyyyyyyyyyyyyyyyyyyyyy   t ooooooooooooooo опасно!" вторил Рейки.

"Кроме того, у нас есть другая идея".

"Расскажи нам", - сказал E-Z.

"Они воссоздали "Белую комнату", поэтому мы вернулись туда, чтобы посмотреть, есть ли там книги об очках Рафаэля".

"И? Была ли там книга?"

"Нет", - сказал Хадз.

"Но мы нашли вот это", - сказал Рейки.

Это была крошечная брошюрка, размером примерно с конец указательного пальца И-Зи. Заголовок на корешке гласил: "Первая книга Еноха" Рафаэля.

Хадз и Рейки перелистывали страницы, так как книга была идеального размера, чтобы они могли держать ее вдвоем.

"Здесь говорится, - читал Хадз вслух, - что целью Рафаэля было исцеление земли, которую осквернили падшие ангелы".

"Помнишь, Рафаэль говорил, что я могу призвать ее только тогда, когда конец близок? Возможно, и очки откроют мне свои силы только тогда, когда они понадобятся".

"Именно", - согласились Хадз и Рейки.

"Думаю, нам нужно устроить мозговой штурм с остальными, но твоя идея изменить свою внешность на внешность Эриель - хорошая", - сказал Альфред. "Нам просто нужно будет придумать, как подстраховать тебя, когда ты будешь это делать, - чтобы ты был в безопасности".

"Это плохая идея", - сказал Хадз.

"Очень плохая идея!" сказал Рейки.

"Как это?" поинтересовался Альфред.

"Во-первых, ты не знаешь, что знают Фурии".

"Или не знают".

"Во-вторых, это может быть ловушкой".

"Ловушка, организованная Эриэлем и Фуриями".

"В-третьих, и это самое важное".

"Эриель в ужасе от Майкла".

В унисон они сказали: "В очках Рафаэля должен быть ключ ко всему. Эриел ищет прощения и искупления у Михаила и других архангелов. Это его единственная надежда. Ты - его единственная надежда. Поэтому мы считаем, что он сказал тебе правду".

"Но что, если Фурии не знают о ситуации с Эриэлем? Пока они в неведении, у нас есть преимущество", - сказал Альфред.

"Согласен", - сказал E-Z.

Лия просунула голову в комнату, за ней последовали остальные члены банды. "Как дела?" - спросила она.

"Заходи, и я все объясню. О, и закрой за собой дверь".

"Звучит сомнительно", - сказала Лия. Она заметила Хадза и Рейки и помахала им рукой. Затем она закрыла за ними дверь и заперла ее.

ГЛАВА 16
ЧТО ДАЛЬШЕ?

"Присаживайтесь, устраивайтесь поудобнее", - сказал он, когда все навалились на его кровать. "Во-первых, для тех, кто еще не знаком с ними, - это Хадз, а это Рейки. Они друзья и подражатели ангелов. Их назначили помочь нам".

Харуто поклонился, Лачи сказал: "Доброго дня!". Чарльз и Бренди пожали им руки.

После того как все были официально представлены, команда села вдоль края кровати. E-Z подумал, что они похожи на пассажиров, ожидающих автобус.

"Мы все здесь, чтобы победить "Фурию". Но есть кое-какая текущая информация, которую нам нужно обдумать. Прежде чем мы двинемся вперед".

"Что ты имеешь в виду?" спросила Лия. "Ты предлагаешь нам отказаться от участия?"

И-Зи прочистил горло.

"Будет лучше, если ты позволишь мне рассказать тебе все, а потом ты сможешь задавать вопросы. Наверное, мне стоило начать с этого. Но я все еще сам все пере008вариваю". Он заколебался. "Я хочу сказать, что дайте мне немного слабины, потому что это сложная ситуация и еще сложнее ее объяснить".

Все кивнули, и он продолжил.

"Эриель был взят под стражу архангелами. Он предал их и предал нас. Он больше не представляет для нас угрозы, но он скомпрометировал нашу миссию. Проблема в том, что мы не знаем, насколько сильно. Зато мы знаем больше о его намерениях - получить контроль над Землей любыми способами. Идти против архангелов, чтобы сделать это, было своего рода риском - даже когда на его стороне были Фурии".

Слышимый всеми вздох заставил его сделать паузу на мгновение или два, прежде чем он продолжил.

"Архангелы отвернулись от него. Я встретил Михаила, который возглавляет архангелов, и он испытывал отвращение к Эриэлю. А Эриел был в ужасе от него".

Снова слышны вздохи.

"Наш план А заключался в том, чтобы заманить Фурий в ловушку внутри игровой среды. Эриель был в курсе этого плана. Более того, он поощрял нас продолжать его. Поэтому нам нужно переходить к плану Б. Того факта, что он знал о плане А, достаточно, чтобы мы от него отказались".

Снова вздохи и "О нет!".

"Итак, план Б. Я знаю, ты думаешь очевидную вещь: то есть у нас нет плана Б. Так вот, у нас его не было. Но теперь есть. Вас шокирует, если вы узнаете, что наш план "Б" прозвучал из уст нашего предателя?"

Все кивнули.

"Как я уже говорил, я встречался с Майклом. Именно он предложил Эриэлю проявить к нему снисхождение, если и только если он поможет нам.

"Майкл дал нам всего пять минут на общение. И большую часть этого времени Эриел ничего не говорил. Затем, как раз когда оно должно было истечь, он произнес три слова: "Используй очки Рафаэля" - и все. Через некоторое время я вспомнил, что Рафаэль говорил, что Чарльз может быть нашим секретным оружием, так что с очками у нас может быть два оружия, о которых они не знают."

Чарльз вздохнул.

E-Z подтвердил слова Чарльза кивком.

"Но прежде чем мы сузим круг поиска и проведем мозговой штурм, нам нужно взглянуть на общую картину и решить, наша ли это битва. Если это то, в чем мы все еще хотим участвовать как команда".

"Благодаря Эриэлю я сегодня жив. Он спас меня, а потом сказал, что я в долгу перед ним и другими архангелами. Чтобы вернуть этот долг, я прошел несколько испытаний. Альфред и Лия появились рядом, и вместе мы образовали "Тройку". А потом мы расстались по их просьбе.

"Мы создали свой собственный супергеройский сайт и помогали людям. Пока архангелы не попросили нашей помощи, чтобы победить пиратов Soul Catcher. Со временем мы узнали, кто они такие: Фурии, могущественные и злые греческие богини, которые вернулись.

"Хадз и Рейки взяли меня на разведку, чтобы показать мне их штаб-квартиру в Долине Смерти. Там я воочию увидел, как складируются контейнеры, наполненные душами детей. Позже у нас забрали ПиДжея и Ардена. Их состояние не изменилось. И мы воочию, благодаря Рафаэлю, увидели этих мерзких богинь за работой.

"Фурии - достойные противники. Если мы будем сражаться с ними, то можем погибнуть. Это, конечно, не самая свежая информация, но стоит ли рисковать жизнью сейчас, когда Эриель нас предала?

"Принимая во внимание все, и особенно то, что на нашей стороне есть два секретных оружия. Пусть и оружие, которое мы не знаем, как использовать. Возможно, у нас есть все шансы выиграть эту битву. Это если мы будем держаться вместе и прикрывать друг друга. Если мы будем готовы поставить на кон свои жизни ради общего блага. Ради блага Земли, ради спасения Земли. Что скажешь?"

В следующий момент все - кроме Альфреда - подпрыгивали на кровати, говоря: "Один за всех и все за одного!".

И-Зи поднял руку. "

"Все, кто за то, чтобы сразиться с Фуриями, скажите: "За"".

Решение было единогласным.

Собо постучал в дверь с вопросом: "Возможно, я тоже смогу помочь".

ГЛАВА 17

СПРОСИ ЧАРЛЬЗ ДИККЕНС CHARLES DICKENS

Брэнди ехидно хмыкнула, заставив всех присутствующих посмотреть в ее сторону. Теперь, когда она завладела всеобщим вниманием, она спросила: "И как же ты, пенсионерка, собираешься помочь нашей команде супергероев-детей победить трех могущественных злых богинь?"

По комнате пронесся вздох, заставивший Харуто быстро переместиться в сторону своей Собо. Он схватил ее за руку и прижал к своему сердцу.

Собо, которую не смущало невежество Бренди, шептала внуку успокаивающие слова на японском.

"Извинись", - потребовал E-Z.

"Все в порядке", - сказала Собо. "Она права, может, я и не супергерой, как все вы, но каждому в этой жизни есть что отдать".

"Прости, Собо", - сказала Бренди. На этом она не остановилась. "Я имела в виду..."

"Завязывай!" воскликнула Лия. "Заходи в Собо".

"Нам пригодится любая помощь, которую мы можем получить", - сказал E-Z.

Чарльз встал, предлагая свое место Собо и Харуто.

"Спасибо", - сказала Собо, и несколько мгновений они с внуком сидели бок о бок, не разговаривая.

"Ты достаточно хорошо себя чувствуешь?" спросил Харуто.

"Да, малыш, - ответила Собо. "У меня тоже есть суперспособность. Эта суперспособность называется трансформацией. Я прожил много жизней и сыграл много ролей... с каждой жизнью я узнаю что-то новое. Я открыт для обучения, в этом и заключается смысл жизни. Я предлагаю свою жизнь; я готов на все, чтобы спасти тебя. Всех вас."

"Даже меня?" спросила Бренди.

Собо рассмеялся. "Особенно тебя, дитя".

Бренди пересекла комнату и бросилась обнимать Собо за шею. "Спасибо тебе. Но почему особенно я?"

Харуто встал и, положив руки на бедра, воскликнул: "Потому что ты чокнутая!".

Все засмеялись, включая Бренди.

Собо ответил: "Потому что ты бесстрашный. Да, бесстрашие - это сильная эмоция, но ты должен научиться терпению. Тебе нужно и то, и другое, чтобы выжить в этом мире. Обладая и тем, и другим, ты станешь еще большей силой, с которой придется считаться. Жизнь - это изменение, изменение себя изнутри наружу, извне внутрь. Учись. Развивайся. Мы должны быть как деревья, меняться вместе с временами года, гнуться под ветром".

"Так красиво", - сказал Чарльз.

"Но мир наполнен как добром, так и злом", - сказал Собо. "Так и должно быть. Одно должно существовать, чтобы было другое. И мы, ты, я и все присутствующие здесь, должны сражаться только на стороне добра. В этом мире может быть только один победитель. И этот победитель должен быть на благо всего человечества".

Собо перестала говорить. Пока она переводила дыхание, остальные молчали, ожидая, когда она продолжит.

"Почему я здесь, - продолжила Собо, - это чтобы передать привет от Розали".

"Ты и Розали, Собо, но как?" поинтересовалась Лия.

"Розали пришла ко мне во сне. Как я узнал, что это была она? Потому что она мне так сказала. Сны - мощные объединители. Духи пересекают миры и смешиваются с нами, чтобы быть с нами или рассказать нам то, чего мы не знаем, например, предупреждения, предчувствия. Розали хотела помочь нам в битве, сразиться и победить".

"Да", - сказал И-Зи. "Мне часто снятся мои родители. Иногда они открывают мне что-то или рассказывают то, о чем не могли знать. Если только они не делили со мной мою жизнь".

"Да, любовь - это мощная эмоция, которая не имеет границ. Те, кого ты любишь, будут искать тебя, находить тебя, помогать тебе даже в самые темные времена".

"Она, - спросила Лия, - счастлива?"

Собо улыбнулся. "Счастье - это еще не все. Позволь мне просто сказать тебе, что она сама по себе. Это все, что тебе действительно нужно знать. И как она сама, как сосуд, который тоже сражается на стороне только добра, она верит в тебя, мистер Чарльз Диккенс. Ты - наша сила".

"Я?" спросил Чарльз.

"Да, Чарльз. Отведи нас в библиотеку. Библиотеку в облаках".

"Я никогда о ней не слышал. Я не могу отвести тебя туда. Наверное, она перепутала меня с кем-то из остальных".

"Какая библиотека?" спросила Бренди.

"И почему она в облаках?" поинтересовалась Лия.

"Я там был", - сказал Собо. "Она очень старая и защищенная... об этом знают только те, кто знает".

"Я не один из них", - сказал Чарльз.

"Тебе просто нужно немного помочь", - сказал Собо. "Отдай ему очки Рафаэля, и тогда он будет в курсе всех событий".

"Подожди минутку", - сказал E-Z. "Как ты туда попал?"

"Ты мне не веришь?" улыбнулся Собо. "Розали привела меня туда во сне... она дух... и она вела меня как ходячий сон".

"Ты уверен, что это не было воспоминание, которым она делилась о Белой комнате?"

"Определенно нет. Откуда я это знаю?" спросил Собо. "Потому что Розали сказала мне, что никогда не хотела возвращаться в то место, где ее убили эти злобные сестры".

"В этом есть смысл, и все же кое-что, сказанное Рафаэлем о том, что он никогда не передаст очки - никому, - заставляет меня беспокоиться о том, чтобы пойти против ее желания".

"А что, если Розали не входит в число тех, кто в курсе?" поинтересовался Собо. "Неужели мы должны упустить эту возможность увеличить наши шансы на победу над Фуриями, отвергнув последнюю информацию, полученную от Розали, доверенного друга и конфидента?"

"Сначала расскажи мне, - сказал E-Z, - как это было?"

Собо закрыла глаза. "Представь себе время, когда ты включал горячую воду только в душе или ванной, без вентилятора и открытого окна. Ты вышел из комнаты, чтобы что-то взять, и закрыл дверь. Когда позже ты открыл ее, комната была наполнена паром, и когда ты вошел, то ничего не смог разглядеть - поначалу. Но твои глаза приспособились, и тогда ты смог увидеть все. То же самое было и со мной, когда я впервые вошел в Облачную библиотеку".

Она открыла глаза. "Представь себе внутреннюю часть облака, где существовали книги. Все до единой книги, написанные, изданные - все они перед тобой. Доступны для прочтения, взятия, изучения. Именно так было в Облачной библиотеке. И мы все должны пойти и увидеть это своими глазами, прямо сейчас. Сегодня".

"Звучит волшебно", - сказал Чарльз. "Я хочу пойти. Я хочу взять вас всех туда".

"Это звучит слишком хорошо, чтобы быть правдой", - сказала Бренди.

Собо улыбнулся.

E-Z заколебался, прежде чем снять очки и передать их Чарльзу.

"E-Z, - сказал Собо, - Розали говорила мне, что исключением из правил Рафаэля был Чарльз.

Помнишь? И именно она открыла, что Чарльз - наше секретное оружие".

E-Z кивнул и передал очки Чарльзу.

Не раздумывая, Чарльз надел их. Когда он заправил их за уши, цвета на оправе запульсировали всеми известными человеку цветами. Все цвета, кроме красного. Когда очки остановились на травяном оттенке зеленого, шея Чарльза дернулась влево-вправо-влево. Он выпрямился и уставился вперед.

"Я готов", - сказал он. "Держитесь за руки, чтобы мы все были связаны, и я отведу вас туда".

"Подождите нас!" воскликнули Хадз и Рейки, запрыгивая на плечи E-Зс и держась за них изо всех сил. Прошло несколько мгновений, а никто никуда не уходил.

ГЛАВА 18
ЧТО ПОШЛО НЕ ТАК?

"**Я** не понимаю", - сказал Чарльз. "Я могу увидеть это в своем воображении. Может, мне нужны инструкции или какие-то волшебные слова. Розали сказала тебе что-нибудь особенное, что мне нужно сделать, кроме того, что надеть очки на Собо?" поинтересовался Чарльз.

Собо покачала головой. "Попробуй что-нибудь другое".

"Отведи нас в "Облачную комнату"!" - потребовал он.

На этот раз вся группа покачнулась, как будто кто-то открыл окно.

"Закройте глаза", - приказал Чарльз. "Все готовы?" Все кивнули. Он закрыл глаза, когда группа супергероев плюс Собо разделилась на части.

"Что-то чувствуется, что-то изменилось", - сказал Лачи, открывая глаза. "Я чувствую себя по-другому".

E-Z тоже почувствовал себя странно, когда открыл глаза. Хадз и Рейки уже храпели. Казалось бы, странное время для них, чтобы вздремнуть. А что еще было другим? Очки Рафаэля были бесцветными. Почему? Раньше такого не было. И что еще? Альфред - где, черт возьми, был Альфред?

"Альфред? Где ты?"

Лия разрыдалась.

"Почему ты плачешь?" спросил И-Зи.

"Потому что я ничего не вижу, ни руками. Больше нет".

"Чарльз. Очки", - сказала Бренди.

"А как же?" - он снял их.

Они заткнули уши, когда Собо откинула голову назад и завыла, как банши, пока мягкая оркестровая музыка не перекрыла ее крики, и все уснули.

***

Теперь, когда близнецы спали, Саманта и Сэм интересовались, как проходит встреча в комнате E-Z. Когда они пришли, дверь была заперта, и никто не ответил, когда они постучали.

"Это странно", - сказал Сэм. E-Z никогда не запирает дверь".

"Возьми ключ", - сказала Саманта.

У Сэма было плохое предчувствие, когда он вставлял ключ в замок.

Сэм и Саманта смотрели на то, как Собо, Бренди, Лиа, Лачи, Харуто, Чарльз и E-Z таращатся вперед, словно манекены в витрине магазина.

"Они едва дышат", - сказал Сэм.

"А где Альфред?"

"И почему Чарльз носит очки Рафаэля?"

"Я напугана", - сказала Саманта, взяв руку мужа в свою.

"Не думаю, что нам стоит здесь что-то нарушать", - сказал Сэм. "У меня такое чувство, что происходит что-то, о чем мы не знаем".

"Это жутко".

"Что это?" спросил Сэм, заметив коробку в конце кровати И-Зи. "Я не верю в это! Этого не может быть". Он наклонился и поднял крышку сундука, который много раз видел в комнате брата. Сундука, который, как он думал, был уничтожен во время пожара. Как и в случае с E-Z, воспоминания, порожденные запахами внутри, поднялись, и его захлестнули эмоции.

"Давай уйдем отсюда", - сказала Саманта. "Ты можешь рассказать мне больше о сундуке снаружи".

"Давай дадим ему немного времени. Они скоро проснутся и..."

"Не думаю, что у нас есть другой выбор", - сказала Саманта, когда они закрыли за собой дверь.

ГЛАВА 19
КЛОУД КОМНАТА

Ч арльз на мгновение замер, вглядываясь в окружающую обстановку. Неужели он привел их не в то место? Он и остальные (которые все спали) находились высоко в небе, не видя ни единого облачка. Они приземлились посреди платформы, сделанной из стекла. Как она держалась, он понятия не имел. Он заметил, что инвалидное кресло И-Зи катится вперед, поэтому бросился к нему и разбудил.

"Где мы?" - спросил он, стряхивая Хадза и Рейки, которые все еще лежали у него на плечах и крепко спали.

"Проснись! Проснись!" скомандовал Чарльз.

Один за другим они открыли глаза, затем, осознав, как высоко они находятся, прижались друг к другу, стараясь не шевелиться. Стараясь не смотреть вниз через стекло, которое не давало им рухнуть на землю.

"Вот бы у этой штуки были перила!" воскликнула Лия. Теперь она могла видеть все, но какая-то часть ее жалела, что не видит.

"Что его держит, вот чего я не могу понять", - сказал Чарльз.

"Я никогда не была б-большой поклонницей высоты", - сказала Бренди, хватаясь за ближайшую свободную руку, которая принадлежала Чарльзу.

"О", - сказал он, почувствовав, какая холодная у нее рука.

"Я полечу туда и посмотрю", - сказал E-Z и полетел, перемещаясь по платформе, которая, казалось, выросла из воздуха: ничто не держало ее и никакой якорь не удерживал ее на месте.

Харуто держался за руку своей бабушки. Она просыпалась медленнее, чем остальные. Когда она, казалось, полностью проснулась, она только и сказала: "О нет". Снова и снова.

"Это ведь не Облачная комната, в которую тебя отвела Розали?" спросил Чарльз.

Собо сделала один шаг, два шага, в то время как дети прижались к ней. Она закрыла глаза, крепко зажмурилась, а потом снова открыла их.

"Что ты делаешь?" поинтересовалась Бренди.

"Я ищу книги", - ответил Собо. "Если это то самое место, то здесь должны быть книги. Много книг. А я не вижу ни одной. Ни одной".

E-Z, который все еще исследовал структуру платформы, спросил: "Есть ощущение, что мы в правильном месте? Может, книги замаскированы? Кто-нибудь может их увидеть?"

Все покачали головами в знак отрицания, даже Хадз и Рейки, которые до этого момента не произнесли ни единого слова между собой.

"У меня плохое, плохое предчувствие насчет этого места", - в унисон пропели Хадз и Рейки.

Чарльз колебался, прежде чем заговорить. "Я видел библиотеку в своей голове, когда надевал очки, и она была такой, какой нам ее описал Собо. Там не было стеклянной платформы. Это место не такое, каким я его себе представлял. Сначала я подумал, что очки допустили ошибку, но теперь, если у Хадза и Рейки плохое предчувствие, да и у Собо тоже, я думаю". Собо кивнула, и он заметил, что она дрожит. "Думаю, нам нужно убираться отсюда - и побыстрее".

E-Z заметил, что Альфред пропал. "Кто-нибудь знает, что случилось с Альфредом? Мы все были связаны прикосновением, когда пришли сюда. Как он мог привязаться?" Теперь он заметил, что Хадз и Рейки выглядели не в себе. Почти как будто их накачали наркотиками, так как их глаза откинулись назад, и им было трудно оставаться в сознании.

"У лебедей нет пальцев, чтобы дотронуться", - в унисон пропели два подражающих ангела. Они разразились хохотом и кружились по кругу, пока у них не закружилась голова, и они не упали на стеклянный пол со звуком SPLAT.

"Ладно, Чарльз, для меня это достаточное доказательство. Отвези нас обратно домой - сейчас же".

Чарльз, который снял очки Рафаэля, а теперь снова надел их, намереваясь выполнить приказ E-Z, воскликнул: "О, вот они!".

"Теперь ты видишь книги?" спросил Собо.

"Я не мог, когда мы только приехали, но теперь могу. И что мне теперь делать?"

"Это бессмысленно, - сказал Собо, - почему они должны были быть замаскированы для тебя, а потом раскрыты? Розали не упоминала о таких вещах".

"Я думаю, что воздух здесь, наверху, влияет на наш мозг", - сказал E-Z. "Я начинаю чувствовать себя не в своей тарелке, у меня головокружение. Нам лучше убраться отсюда и поскорее, иначе мы окажемся на платформе лицом вниз, как Хадз и Рейки".

Чарльз протянул руку, и в нее полетела книга, которую он засунул в рубашку. "Верните нас обратно!" - крикнул он. Как и в первый раз, когда они попробовали это сделать, ничего не произошло.

"Возможно, нам нужно взяться за руки", - сказал Собо. "И снова закрыть глаза".

Они сделали и то, и другое, и тут же огромные порывы ветра начали сдувать их с платформы. Они прижались друг к другу, как футбольная команда перед ответственным матчем. Прижимаясь ногами к платформе, они надеялись, что не улетят.

E-Z ломал голову, пытаясь придумать выход. Неужели единственный выход - использовать единственный и неповторимый шанс вызвать Рафаэля, чтобы он пришел на помощь? Он посмотрел на Чарльза, который, казалось, то исчезал, то пропадал. "Чарльз!" - закричал он, и тут заметил через плечо, что к ним быстро приближаются Малыш, Крошка Доррит и Альфред.

Альфред закричал: "Мы должны вытащить тебя отсюда - немедленно. Это место - как маяк, освещающий тебя на весь мир, включая Фурий!"

Собо всхлипнул: "Я не знал, что они использовали Розали в качестве ловушки".

"Чарльз действительно видел книги и даже получил одну. Давай отведем себя в безопасное место. Никто не виноват. Все твои намерения были благими", - сказал E-Z.

"Спасибо", - сказала Собо, начав исчезать, как и Чарльз. Брэнди взяла ее за руку и крепко держала, пока Собо не перестала исчезать.

Альфред сказал: "Пойдем!".

Лачи вскочил на спину Малыша, затащил дрожащего Чарльза за собой на борт, и они полетели. Внутри его рубашки книга, которую он там держал, расширилась, и две пуговицы рубашки отлетели. Одной рукой он крепко держал книгу, а другой - Лачи, пока Малыш набирал скорость.

Малышка Доррит склонилась, не касаясь платформы, чтобы остальные могли забраться на борт, а E-Z схватил Хадза и Рейки. Они полетели, Альфред и E-Z летели бок о бок, а небо меняло цвет с голубого на черный, с черного на голубой, с черного на черный, и появились звезды, но это были не звезды. Это были глазные яблоки. Глазные яблоки, стреляющие козявками, как те, что он встретил в Долине Смерти, когда впервые столкнулся с "Фуриями".

ШПЛАТ. ШПЛАТ. ШПЛАТ.

ШПЛАТ. ШПЛАТ. СПЛАТ. СПЛАТ.

СПЛАТ. СПЛАТ. СПЛАТ. СПЛАТ. SPL-

Чарльз закричал во всю мощь своих легких: "ДОМОЙ!". И на этот раз все получилось. Они снова были дома. В безопасности.

Харуто обнял свою бабушку.

"Так рад снова вернуться домой", - сказал каждый друг другу.

Мгновением позже появились Сэм и Саманта.

$$*** $$

"**М**ы увидели ваши тела, спящие в вашей комнате. Мы не знали, что делать", - сказал Сэм.

"Это долгая история", - сказал E-Z.

Собо спросил Чарльза: "Тебе удалось удержать книгу?" "Конечно", - ответил Чарльз, держа ее в руках. Это был большой том, в твердом переплете, с толстым корешком, который могли видеть и читать все -

"Большие надежды" Чарльза Диккенса.

"Ты принес одну из своих собственных книг?" воскликнула Бренди.

Лачи насмешливо хмыкнул.

"I..." сказал Чарльз. "Ты сказал мне выбрать любую книгу, и это была та, которую я схватил наугад".

"Все происходит не просто так", - сказала Лиа.

"Но это уже слишком", - воскликнула Бренди.

"Все успокойтесь", - сказал E-Z. "Чарльз сделал все, что мог, в сложившихся обстоятельствах - и по крайней мере ОН смог увидеть книги. Никто из нас не мог".

"Большие надежды", - сказал Альфред, - "это гррррадостная книга!". Он звучал как британская версия тигра Тони в рекламе хлопьев.

"Он прав", - согласились Сэм и Саманта. "Это один из лучших романов, когда-либо написанных".

Чарльз снял очки Рафаэля и передал их обратно И-Зи, который тут же их надел. Он покачал головой, но название книги, которую Чарльз все еще держал в руках, было другим. Он прочитал новое название вслух,

"Поле мечты" У. П. Кинселлы".

"Дай-ка я попробую", - сказала Лия, потянувшись за очками Рафаэля.

"Подожди!" воскликнул И-Зи, когда Лия убрала их с его лица. "Не надевай их. Помнишь, Рафаэль сказал, что их должен носить только я, но я сделала исключение для Чарльза из-за сна Собо, но я не думаю, что мы должны передавать их по кругу. К тому же мы уже знаем ответ на вопрос, который мы все себе задаем. Это книга, которая становится тем названием, которое хочет увидеть читатель".

"Или должен увидеть", - сказал Собо.

"Но я не хотел и не нуждался в том, чтобы увидеть "Большие надежды". Я даже никогда не слышал о ней!"

"Но представь, - сказал Сэм, - какой библиотекой она может стать в будущем. Все, что нам нужно сделать, - это придумать название книги, и вуаля, мы держим ее в руках".

"Однако это было бы не очень хорошо для авторов, я имею в виду, как бы они получали зарплату?" поинтересовалась Саманта.

"Я не знаю, как это все будет работать, и, возможно, мы упускаем что-то важное", - сказал Альфред.

"Большое, например?" поинтересовался E-Z.

"Что, если это книга выбирает читателя, а не наоборот?"

"Doo-doo-doo-doo", - пропела Бренди, которая была музыкой из "Сумеречной зоны".

"Давайте вспомним. Собо приснился сон, в котором Розали показала ей Облачную библиотеку, и с помощью очков Рафаэля Чарльз мог провести нас туда. Что он и сделал, но место оказалось не таким, как ожидалось. Только Чарльз мог видеть книги, он схватил одну, а по дороге назад на нас напали стреляющие козявками глазные яблоки, похожие на те, что напали на нас с Хадз Рейки в Долине Смерти". "Вот так вкратце", - сказала Бренди.

"Мне вот что интересно: рассказала ли Эриель "Фуриям" о том, что Рафаэль дал Е-Зи ее очки?" - спросил Лачи.

"Этого мы, возможно, никогда не узнаем", - сказал Е-Z, - "потому что Майкл дал Эриель только один шанс поговорить со мной". Он подошел к окну и выглянул наружу. "Интересно", - сказал он.

"Интересно что?" - воскликнули все.

"Знают ли Фурии об очках и их силе. Если они через Розали обманом заставили нас посетить Облачную библиотеку, то они должны знать и о Чарльзе. Это значит, что он больше не является секретным оружием. Как они могли догадаться? И все же глазные козявки - это слишком большое совпадение".

"Эриель действительно сказал тебе пользоваться очками", - сказал Альфред.

"Я видел его, как его задержали, и он никак, никак не мог связаться с Фуриями... не с Майклом, охраняющим каждый его шаг". E-Z откатился в сторону, где находились остальные. "Кстати, Альфред, как ты от нас отделился?"

"Я был потерян внутри черной тучи, пока не позвал на помощь Малышку Доррит и Малыша, а остальное ты знаешь".

"Это было так странно", - сказал Чарльз. "В одну минуту я не видел книг, снимал очки, снова надевал их, и они были повсюду. Тем не менее, я был единственным, кто мог их видеть".

"Я мог их видеть", - сказал Малыш. "Вот эта летела ко мне", - он бросил ее Чарльзу, который поймал ее двумя пальцами.

Это была миниатюрная книга с крошечным названием на корешке, которое все читали вслух:

"Все, что ты хотел узнать о фуриях, но боялся спросить".

"Зачет!" воскликнула Бренди.

Они собрались вокруг крошечной книжки, а Чарльз осторожно открыл ее. Внутри обложка была пустой, как и первая страница. Он перелистнул на следующую страницу, где были слова, которые тут же начали перемещаться, тасоваться. Слова плавали по странице, тасуясь и перетасовываясь, словно забыли, какие слова и язык они должны представлять.

E-Z, который все еще носил очки Рафаэля, почувствовал головокружение, когда слова сместились, и он снял их.

"Попробуй ты", - сказал он Чарльзу, передавая ему очки.

Чарльз надел их и снова быстро снял, бросившись к окну подышать свежим воздухом. Он передал их обратно E-Z.

"Теперь ты, - обратился он к Собо, который отказался примерить очки, как и Харуто".

"Я попробую", - сказала Лиа, но вскоре присоединилась к Чарльзу у окна.

"Лачи?" спросил E-Z.

"Конечно", - ответил он, надевая очки и тут же снимая их снова. "Не пойдет", - сказал он, плюхаясь на кровать.

"Дай-ка я попробую!" сказала Бренди, когда E-Z вложил очки ей в руку, и она приложила их к своему лицу. "Погоди-ка, - сказала она, - кажется, я что-то вижу, это..." и она извергла зеленую субстанцию, которая, к счастью, попала в стену, а не в человека.

"Пойдем с нами", - обратились Сэм и Саманта к Бренди, - "мы поможем тебе привести себя в порядок".

"Э-э, спасибо", - сказал E-Z, поворачивая свой стул к Альфреду, а затем надевая очки на клюв.

"Лебедь в очках. Нелепо!" сказал Альфред.

"Ты выглядишь очень учеником!" сказал Чарльз.

"Ты похож на профессора Людвига фон Дрейка!" воскликнула Бренди.

Сэм сказал: "Он был учителем Дональда Дака".

"О", - сказали те, кто был слишком молод, чтобы слышать о Дональде Даке.

"О боже", - сказал Альфред, когда слова перестали вихриться и вернулись к тому виду, в котором их написал автор. Он прочитал первые две страницы, затем следующую, следующую и следующую. Он пролетел через всю книгу с легкостью скоростного читателя, и когда он закончил, книга захлопнулась сама собой.

POOF

И она исчезла.

"Что ж, это было интересно", - сказал Альфред, передавая очки обратно E-Z и не давая себе упасть.

"То есть ты прочитал всю книгу?" сказал Сэм. "Эти очки просто замечательные".

"Я все помню, но мне нужно обработать информацию и отдохнуть. Я не хочу сидеть здесь и зачитывать тебе все целиком. Будет лучше, если я разберусь с тем, что узнал, а потом мы поговорим об этом".

"А что, если, - спросила Бренди, - ты пропустил что-то, чего не пропустил бы один из нас? Ничего личного".

Альфред рассмеялся. "То, что я сейчас в форме лебедя, не значит, что я не прочитал много-много книг за свою жизнь. На самом деле в юности я учился в Оксфордском университете и окончил его с отличием. Я изучал литературу и искусство".

E-Z сказал: "Не ты выбрал книгу - книга выбрала тебя. Никто из нас не смог прочитать в ней ни одного слова".

"Спасибо, что веришь в меня".

Лиа сказал: "Сколько времени ты хочешь муссировать? Мы можем пойти и посмотреть тот фильм?".

Саманта: "Мне нужно сделать еще попкорна. Мы уже съели вторую миску".

"Стрессовое питание", - сказал Сэм с ухмылкой.

"Спасибо", - сказал Альфред. "Я вернусь к тебе, как только смогу".

"Бери столько времени, сколько тебе нужно", - сказал E-Z, - "Присоединяйся к нам, когда будешь готов".

Банда отправилась в гостиную и занялась подготовкой фильма. Саманта приготовила еще немного попкорна в микроволновке. Все собрались вокруг, чтобы посмотреть фильм.

Альфред некоторое время спал на своем обычном месте, но ему снились сны, в основном кошмары, и в конце концов он вынес себя в сад подышать свежим воздухом. Все зависели от него, и это давление давило на него, а в голове вертелось содержимое миниатюрной книги.

ГЛАВА 20

СООБЩЕНИЕ ИЗ ФРАНЦИИ

Первую половину фильма И-Зи смотрел вместе с остальными, а потом, почувствовав беспокойство, решил немного поработать. Он заглянул в свою комнату, ожидая найти Альфреда крепко спящим, но его нигде не было. Обеспокоенный, он подошел к задней двери и, выглянув наружу, увидел, что лебедь крепко спит, растянувшись на шезлонге. Закрыв дверь, он вернулся в свою комнату, открыл ноутбук и вошел в систему.

Он несколько раз мысленно прошелся туда-сюда, решая, стоит ли ему сосредоточиться на написании романа или лучше потратить это время на изучение их врагов - фурий. Звук сообщения, пришедшего в папку входящих, заставил его принять решение. Оно было помечено красной галочкой, обозначающей срочность, и, хотя оно не содержало вложений, он не стал на него нажимать. Вместо этого он прочитал его в предварительном просмотре. Или попытался прочитать. Сообщение было полностью на другом языке. Он заметил пару слов, в которых узнал французский, поэтому скопировал текст, зашел в поисковую систему и вставил следующее сообщение в онлайн-переводчик:

Cher E-Z Dickens,

Меня зовут Франсуа Дюбуа, мне семь лет. J'habite à Paris, en France, et j'aimerais faire partie de votre équipe de Superhéros. Ты спрашиваешь, какими качествами я буду обладать в команде. Это хороший вопрос, и я с радостью отвечу на него. Mais je me demande si ce site est sécurisé.

Если ты хочешь поговорить со мной подробнее, ты можешь отправить мне прямое письмо. Mon adresse de courriel est jointe. J'ai hâte d'avoir de vos nouvelles.

Votre ami,

Франсуа

Он нажал на "Отправить", и пришел следующий перевод:

Дорогой И-З Диккенс,

Меня зовут Франсуа Дюбуа, и мне семь лет. Я живу в Париже, Франция, и хотел бы попасть в твою команду супергероев. Ты можешь спросить, какие навыки я мог бы привнести в команду. Это хороший вопрос, и я с радостью на него отвечу. Но мне интересно, безопасен ли этот сайт?

Если ты хочешь поговорить со мной подробнее, то можешь написать мне напрямую. Мой электронный адрес прилагается. Я с нетерпением жду твоего ответа.

Твой друг,

Франсуа

Заинтригованный, он несколько раз перечитал сообщение, размышляя о том, насколько оно своевременно. Он подумал, не параноик ли он, считая, что этот парень, приехавший из Франции, может быть в сговоре с "Фуриями". Даже если он был слишком осторожен, он имел на это право, и как лидер своей команды он должен был убедиться, что подобные запросы законны. Ему понадобится помощь дяди Сэма, чтобы проверить это, но пока что он проведет несколько расследований и посмотрит, что придет в ответ.

Он быстро написал сообщение, не переводя его. Парень мог воспользоваться поисковой системой, как и он, найти переводчика и, перечитав его несколько раз, нажать кнопку SEND.

Дорогой Франсуа,

Спасибо за твое сообщение. Как ты узнал о нас? Искренне,

E-Z.

Ответ Франсуа пришел так быстро, что это заставило E-Z почувствовать еще большее подозрение. На этот раз он был написан по-английски:

Dear E-Z,

Спасибо за твой быстрый ответ.

Мой учитель видел твой сайт, и мы узнали о тебе и твоей команде в рамках урока по текущим событиям.

Надеюсь, скоро мы получим от тебя весточку.

Твой друг,

Франсуа.

Это определенно звучало законно. Он набрал еще одно сообщение, спросив Франсуа, какие супергеройские способности он может предложить своей команде, чтобы он мог обсудить это с ними. Мгновением позже Франсуа прислал ему следующее сообщение:

Дорогой E-Z,

Спасибо, что предоставил возможность рассказать тебе о моих супергеройских способностях.

Во-первых, как и ты, я не всегда был супергероем. Это то, что нас объединяет. Именно поэтому я решил, что хорошо впишусь в твою команду.

Вместо того чтобы рассказывать, я хотел бы показать тебе. Во вложении - приватное приглашение на просмотр нашего YouTube-канала - мне помог мой папа. Ссылка на него доступна только тебе, а срок действия приглашения истечет через двадцать четыре часа.

Я с нетерпением жду твоего ответа после того, как ты его посмотришь.

Твой друг,

Франсуа.

Любопытствуя и не раздумывая, E-Z нажал на ссылку. Появилось сообщение с предложением ответить на вопрос, на который он без труда ответил, так как он был связан с бейсболом.

Войдя, он кликнул на ролик, прибавил громкость, и тот сразу же запустился.

Первым, кого он увидел, был паренек, представившийся семилетним Франсуа Дюбуа через текст, который переводился с него в нижней части экрана.

Парнишка был высоким, очень высоким. Более того, он стоял рядом с несколькими измерительными палками. Его отец увеличил изображение, чтобы показать, что Франсуа в свои семь лет уже имеет рост 163 сантиметра (5 футов 4 дюйма). Помимо роста, Франсуа выглядел как любой другой семилетний ребенок: рыжевато-коричневые волосы, толстая пара очков с темной оправой на носу, клетчатая рубашка, синие джинсы и черные кроссовки.

"Bonjour E-Z!" сказал Франсуа, сверкнув улыбкой, которая показала, что у него не хватает двух передних зубов.

E-Z улыбнулся в ответ, а затем стал наблюдать, как Франсуа и его отец обсуждают какой-то вопрос на французском языке без перевода. Судя по жестам рук и мимике, их дискуссия казалась жаркой. Он надеялся, что Франсуа не собирается предпринять какую-нибудь опасную попытку.

E-Z наблюдал за тем, как Франсуа продолжает идти к самой известной достопримечательности Парижа, Франции, - Эйфелевой башне. Табличка снаружи указывала, что стоимость входа для лиц в возрасте 12-24 лет составляет 5 евро. Франсуа закрыл глаза, затем снова открыл их. Подожди минутку. Что-то изменилось, возможно, это было освещение.

Он продолжал наблюдать, как Франсуа расположился рядом с другой вывеской, которая гласила:

Парижская всемирная ярмарка, 15 мая 1889 года.

"ОГО!" воскликнул E-Z, пытаясь понять, чему он только что стал свидетелем. Путешествие во времени?

Франсуа закрыл глаза и снова оказался рядом с оригинальной вывеской 12-24 года 5 евро.

Камера стала размытой. Внизу экрана появилась надпись: "Одну минуту, пожалуйста".

Со щелчком камера снова заработала, но на этот раз Франсуа стоял рядом с собором Нотр-Дам де Пари. После великого пожара 2019 года его восстанавливали, и строительные леса и краны деловито работали.

Как и раньше, Франсуа закрыл глаза, затем снова открыл их.

"Не может быть!" воскликнул E-Z.

Франсуа оказался в 1163 году, в тот самый день, когда был заложен первый камень для великого собора Нотр-Дам.

E-Z сделал паузу. Может ли это быть подделкой? Конечно, могло. С сегодняшними технологиями любой может подделать что угодно. И все же что-то в его нутре подсказывало ему, что все законно. Однако ему нужно было второе мнение. Ему нужен был дядя Сэм.

Глядя на приостановившегося Франсуа на экране, E-Z нажал на старт. Франсуа помахал рукой, когда ролик закончился.

E-Z щелкнул мышкой и вернулся к своему почтовому ящику. Он нажал "Ответить" и написал следующее письмо Франсуа:

Дорогой Франсуа,

Спасибо, что позволил мне увидеть твою суперсилу. Мне нужно поговорить с командой. Если мы решим принять тебя, как скоро ты сможешь к нам присоединиться?

Твой друг,

E-Z

Он подождал секунду и перечитал свое сообщение, прежде чем нажать кнопку "Отправить". Он подумывал о том, чтобы изменить "ЕСЛИ" на "КОГДА". Не решившись, он подумал о суперспособности Франсуа путешествовать во времени. Парень был бы отличным дополнением к команде.

Но все же ему нужно было узнать второе мнение. Прежде чем думать об этом дальше. Он отправил Сэму сообщение: "У тебя есть секунда?".

В его почтовом ящике появилось новое письмо со словами:

HI E-Z,

Если ты примешь меня в команду, то сможешь приехать и забрать меня?

Твой друг,

Франсуа.

Над этим ему пришлось немного подумать.

Он ответил:

Как только приеду, сразу же свяжусь с тобой.

Твой друг,

E-Z.

Сэм вошел на кухню: "Как дела, малыш?".

"Извини, что оторвал тебя от фильма".

"Я и так дремал, так что рад, что отвлекся".

"Я получил письмо через наш сайт от паренька из Франции, который попросился в нашу команду. Они с отцом сняли клип, я его уже посмотрел. У него впечатляющие навыки. Посмотри и дай мне знать, что ты думаешь".

Сэм молчал на протяжении всего ролика. Когда ролик закончился, он попросил посмотреть его еще раз.

Когда он закончился во второй раз, E-Z спросил: "Что ты думаешь?".

"Думаю, то, что мы видим, впечатляет. Мальчик-путешественник во времени из Франции".

"Нам бы очень пригодилась такая суперспособность в нашей команде".

"Именно", - сказал Сэм. "И именно поэтому я отношусь к этому с подозрением. Ты переписывался с парнем?"

E-Z прокрутил в голове все, что было сказано до этого момента.

"Откуда он знает, что у тебя не было суперспособностей всю жизнь?" - спросил он.

"Да, я тоже так подумал. Но, по-моему, это разумное предположение. Он же умный парень".

"Верно", - сказал Сэм. "Не возражаешь, если я пощелкаю вокруг, посмотрю, что смогу найти?"

E-Z кивнул, и Сэм взял под контроль его ноутбук. Он проверил IP-адрес, который казался легальным. Ему не составило труда отследить его местоположение в Париже.

Он поискал имя Франсуа, узнал, в какой школе он учится. Узнал, что он играл в баскетбол. Узнал, что он ловко справляется с правописанием. И вроде бы не попадал в неприятности.

Затем Сэм нашел извещение о смерти матери Франсуа, которая умерла, когда ему было пять лет. Причина смерти не была указана, но просили сделать пожертвования в Парижский фонд борьбы с раком груди.

"Все вроде бы было законно", - сказал Сэм.

"И все же, как мы можем быть уверены? Я не хочу брать на себя ненужный риск".

"Единственный способ узнать наверняка - это лично опросить парня". Он заколебался: "Хм, он спросил, когда ты сможешь прийти и забрать его. Теперь, когда я об этом думаю, это довольно странное предложение для ребенка, путешествующего во времени".

"Да, я не думал об этом".

"Одно могу сказать точно, И-Зи, если кто-то и заберет его, то это буду я. Ты нужен здесь".

"Я ценю предложение, дядя Сэм, но твоя жизнь в опасности - это не вариант".

"Ладно", - сказал Сэм. "Ты что-нибудь слышал об Альфреде?"

Как по команде, Альфред ввалился на кухню. "ЧТО?" - спросил он.

ZAP

Пришел крошечный белый пушистый котенок.

"Bonjour E-Z, je m'appelle Poppet. Francois m 'envoie."

"О боже", - только и сказал E-Z.

Тут же пришло письмо от Франсуа, которое гласило:

"Она благополучно добралась?".

Дядя Сэм ответил: "Что ж, это ответ на наш вопрос".

E-Z набрал: "Да, она здесь".

ZAP

Поппет исчезла.

"Это так круто", - напечатал Франсуа. "Когда ты будешь готов, если хочешь, чтобы я был в твоей команде, я сам попробую".

"Пока держись крепче", - сказал E-Z.

"Как Поппет узнала, где мы живем?" поинтересовался Сэм.

"Этого я не знаю".

ГЛАВА 21
РЕШЕНИЕ О ФРАНСУА

На следующий день E-Z созвал экстренное собрание группы. Как только все расселись по местам, он сразу же приступил к делу.

"Потенциальный новый член попросился в нашу команду. Мы с Сэмом изучили его заявку, и все выглядит законно".

"Поддерживаю это мнение", - сказал Сэм.

E-Z кивнул: "Франсуа - путешественник во времени".

"Ого!" сказала Лия.

"Круто!" сказал Лачи.

У остальных были похожие комментарии, за исключением Чарльза, который спросил: "Что такое путешественник во времени?".

"Ты и есть!" сказала Бренди.

"Это тот, кто путешествует из одного времени в другое", - сказала Лиа.

"Возможно, достаточно взглянуть на этот ролик, и ты лучше поймешь, а мы все лучше поймем, на что он способен". Он взглянул на Альфреда: "Но прежде чем мы поговорим о Франсуа, я хотел бы передать слово Альфреду, чтобы он рассказал нам о том, что он обнаружил в книге. Передаю тебе, Альфред".

Лебедь-трубач прочистил горло, когда все взгляды обратились к нему.

"Я просмотрел все, спереди, сзади, сбоку, и боюсь, что толку от этого мало. Поскольку Фуриям был дан конкретный мандат - и они его выполняют (хотя и нарушают правила), я даже не думаю, что Зевс сможет наказать их за то, что они делают."

"Ты хочешь сказать, что это безнадежно?" спросила Бренди.

"Нет, я не говорю, что это безнадежно, но я просто не вижу выхода. То есть если только они не знают того, что знаем мы".

"Что именно?" спросила Бренди.

"План Эриэля. Как он их использовал. Где находится Эриел. Как он находится без связи".

"Верно, они наверняка задаются вопросом, почему он не общается с ними", - сказал Лачи.

"И это может породить недоверие", - добавила Бренди.

"А что, если, - сказал Сэм, - эта информация просочилась к ним?" "Я думала о том же", - сказала Саманта. "Может, без него они повернут хвост и убегут".

"Хотя может получиться и наоборот. Если бы он не держал их на поводке, они могли бы. Кто знает, что бы они сделали!" сказал E-Z.

"Они уже собрали много душ", - сказала Лия. "Я думаю, что E-Z прав. Знание того, что он не у дел, может сделать их смелее".

Альфред заметил, что разговор упирается в стену: "Итак, давай поговорим о суперспособностях Франсуа. Он путешественник во времени. Как он может нам помочь?"

"И еще кое-что", - начал E-Z, - "и это заметил дядя Сэм, так что, возможно, он будет лучшим человеком, чтобы объяснить это".

"Нет, продолжай ты", - сказал Сэм.

"Франсуа прислал сюда котенка".

"Котенка?" спросил Собо.

"Да. Ее звали Поппет, и она пришла на кухню. Я сразу же получил сообщение от Франсуа с вопросом, благополучно ли она добралась. Она поздоровалась - да, она умела говорить. Подтвердив, что она благополучно добралась, она снова выскочила на улицу". Позже Сэм задал вопрос: "Как она узнала, где мы живем?".

"Погоди-ка", - сказал Чарльз. "Разве кто-то не сказал мне, что твой адрес был опубликован в Интернете?"

"Я тоже это слышала", - ответила Бренди.

Сэм сказал: "Ух ты, кажется, это было сто лет назад, но это правда".

Они собрались вокруг Сэма и увидели, что их дом подключен к сайту в режиме онлайн, чтобы все в мире могли его увидеть.

"Что ж, сомнений нет. Если они знают, кто мы такие, значит, они также знают, где мы находимся", - сказал Сэм. "Если только..."

"Если только что?" спросил E-Z.

"Если только они не настолько технически подкованы, как мы думаем".

Собо сказал: "Никогда не недооценивай врага. Именно так недостойные злодеи становятся героями".

"Ладно, сначала давайте посмотрим, как Франсуа путешествует во времени, а потом устроим мозговой штурм на тему того, как он может помочь нам победить Фурий", - сказал E-Z.

Они молча смотрели ролик. Когда он закончился, E-Z сказал: "Я напечатаю список. Кто хочет начать?"

"Нет", - сказал Сэм. "Я думаю, нам стоит записать его старым добрым способом. Ну, знаешь, ручкой и бумагой". Он потянулся в кухонный ящик и достал блокнот, который они использовали для списков продуктов, и ручку. "Ты давай, устраивай мозговой штурм, а я буду секретарем. И тебе даже не придется платить мне зарплату".

Несколько смешков и хихиканий, а затем идеи начали сыпаться потоком:

#1. Франсуа мог бы вернуться в прошлое, узнать, что случилось с ПиДжеем и Арден, и остановить это.

#2. Франсуа мог бы вернуться в прошлое и не дать убить всех детей.

#3. Франсуа мог бы вернуться в прошлое и не дать родителям И-Зи погибнуть, остановить его несчастный случай.

#4. То же самое касается несчастного случая с Лией.

#5. То же самое касается несчастного случая с семьей Альфреда.

#6. Ditto re: Лахлан заперт в клетке.

Интерлюдия.

Харуто был счастлив со своей новой семьей. Конец истории.

Брэнди была не против того, чтобы умереть и снова вернуться к жизни, хотя она и поинтересовалась, можно ли вернуться в день прослушивания. Эта просьба была единогласно отклонена.

Чарльз также ни о чем не жалел.

Мозговой штурм возобновился:

#7. Франсуа мог бы вернуться во времена, предшествующие созданию "Фурий", чтобы убедиться, что у них есть "Ахиллесова пята".

#8. Франсуа мог бы отправиться в прошлое, в первый день, когда Эриель встретилась с Фуриями. Он мог бы стать шпионом. А может сделать так, чтобы они вообще никогда не встретились?

#9. Если Поппет могла появляться и исчезать, мог ли Франсуа делать то же самое?

Альфред сказал: "Подожди минутку. Это совершенно безумно, но что, если Франсуа вернется назад и отменит существование "Фурий"?".

"Вау, это отличная идея!" сказал E-Z. "Но во всех историях, которые я читал о путешествиях во времени, игра с жизнями и изменение событий всегда не одобряется".

"Да, я помню это из "Назад в будущее". Но из личного опыта, - объяснил Бренди, - когда я умираю и возвращаюсь снова, то события, предшествовавшие моей смерти, как будто никогда не происходили. Это как сон, если ты понимаешь, о чем я?"

"Сэм потянулся и зевнул. "Малыши скоро проснутся. Я не хочу переступать границы лидерства E-Z, но, думаю, нам нужно некоторое время подумать, прежде чем предпринимать какие-либо действия".

"Согласен. Спасибо всем за отличный мозговой штурм", - сказал E-Z.

И собрание было закрыто.

ГЛАВА 22
ТЕПЛОЕ МОЛОЧКО

Лия и остальные провели день, занимаясь своими делами. Вечером, измученная, она ворочалась и ворочалась, но никак не могла заснуть. Разочарованная после нескольких часов бессонницы и постоянного беспокойства, она спустилась вниз, чтобы выпить немного теплого молока.

Она поставила кружку в микроволновую печь, засекла 40 секунд и нажала на старт. Пока часы отсчитывали время, она наблюдала за цифрами 39, 38, 37, 36 и так далее, пока не появилась цифра 33. Это была последняя цифра, которую она увидела.

"Э-э, привет, Литтл Доррит", - сказала она, пожалев, что не надела халат. "Куда мы направляемся?"

"Мы на задании", - ответил единорог. "Куда мы отправляемся?"

"Ты не знаешь, к кому?"

"Нет. Я занимался своими делами, когда ты позвала меня, Лия, разве ты не помнишь?"

"Я тебя не звала", - сказала Лия. "Я еще не ложилась спать. Это странно".

Единорог застыл в воздухе.

WHOOSH

Малышка Доррит взлетела на полной скорости.

"Аргхх!" воскликнула Лия, держась за дорогую жизнь. "Что происходит? Почему ты летишь так быстро?"

"Я не знаю", - ответил единорог. "Как будто кто-то или что-то взяло меня под контроль". Она попыталась остановиться, как делала это всего несколько мгновений назад. Но теперь, что бы она ни делала, она не могла остановиться. Не могла она и замедлиться.

"Держись крепче!" крикнула малышка Доррит, когда ее тело начало перекатываться вперед головой. "О нет!"

закричала Лия, но держалась изо всех сил. В конце концов они перестали катиться, но вместо того, чтобы замедлиться, они разогнались еще быстрее.

Они летели все дальше и дальше, пока ночь не превратилась в день. По мере того как солнце поднималось в небо, расстояние между ним и ними сокращалось.

"Мне кажется, что моя кожа горит!" воскликнула Лия.

"И мой мех тоже", - отозвалась малышка Доррит. "Давай я попробую снова развернуть нас". Она попробовала, и, как и прежде, они покатились вниз головой, закрывая брешь между собой и жарким солнцем.

"Мы должны повернуть назад!" закричала Лия. "Если мы этого не сделаем, нам конец".

"Но я не могу остановиться. Кажется, я не могу ничего сделать. Подожди, я попрошу помощи у Малыша".

На фоне пылающего солнца появились три крылатых существа. Они держались за руки, а их почерневшие одеяния вихрились и закручивались вокруг их тел.

СНАП!

СНАП!

СНАП!

Звук, наполнивший воздух, был похож на щелканье кнута, когда Лию и Крошку Доррит потянуло к нему, как будто они были на тяговом луче. Раскаты грома, хотя бури не было видно, так как когти солнца тянулись к ним, угрожая разрушить само их существование.

"Нам конец!" сказала Лия. "Спасибо, что пыталась нас спасти". Она обняла единорога. "Я бы очень хотела, чтобы у тебя были поводья. Тогда, может быть, я смогла бы развернуть тебя".

ZAP!

Появились поводья.

Лия обхватила их руками, но прежде чем она смогла взять их под контроль, они растаяли в ничто.

"Ты права, думаю, нам конец", - сказала Малышка Доррит. Из ее глаз потекли стеклянные капли слез.

BONJOUR

Появился Франсуа: "Могу ли я быть полезен?".

"Конечно, можешь", - воскликнула Лия. "Вытащи нас отсюда к чертям собачьим!"

"Закрой глаза и держись крепче", - сказал Франсуа.

Лия и Крошка Доррит дрожали от страха.

ДИНЬ. ДИНГ. ДИНГ.

Микроволновка. Кухня.

Лия упала на пол.

Малышка Доррит благополучно приземлилась в прохладный ручей, где поплескалась, а затем направилась домой.

"Где ты была?" спросила Малышка.

"Видимо, ты не получила мое сообщение. Не бери в голову. Я слишком устала", - ответила Малышка Доррит. "Я расскажу тебе об этом утром".

ГЛАВА 23
СЛЕДУЮЩИЙ ДЕНЬ

Была очередь Собо готовить завтрак, и именно она нашла Лию на полу, свернутую в клубок, как выброшенная шерсть.

Собо испустила крик: "Идите скорее! Нашей Лии нужна помощь!"

Первой прибежала Саманта. Она тут же прижалась губами ко лбу Лии, чтобы проверить температуру, а затем крикнула мужу, чтобы тот принес градусник для повторной проверки.

"Ее температура 107,7", - подтвердила Сэм. "Нам нужно отвезти ее в больницу".

Саманта нажала 911, а Сэм подхватил Лию на руки, отнес и положил на диван, и они стали ждать скорую.

"Я буду держать оборону", - сказал Сэм, когда его жена и Собо последовали за парамедиками, которые несли бессознательную Лию на носилках.

Когда машина скорой помощи отъехала от обочины с ревущей сиреной, Лия открыла глаза и попыталась сесть.

"Я чувствую себя хорошо", - сказала она.

Парамедик снова проверил ее температуру, и она была в норме. Он пожал плечами.

К тому времени, когда они приехали в больницу, Лия снова стала прежней и захотела вернуться домой - прямо сейчас.

"Хотя сейчас ее показатели в норме, раз уж ты нам позвонил, мы должны действовать. Лия будет госпитализирована, и как только дежурный врач даст добро, ей разрешат отправиться домой".

"Ну, по крайней мере, позвольте мне войти", - сказала присутствующая, когда водитель открыл двери.

"Нет, маленькая леди, оставайся на месте", - сказал он, когда они приготовились занести носилки и их обитательницу внутрь, а Саманта и Собо последовали за ними.

Саманта отправила Сэму смс с новостями. Он ответил эмодзи "большой палец вверх", как раз в тот момент, когда она практически столкнулась с родителями ПиДжея и Ардена, которые уже выходили.

"Они проснулись! Наши мальчики проснулись!"

"Оба?" воскликнула Саманта, передавая эту свежую информацию Сэму, который разбудил племянника, чтобы сообщить ему хорошие новости.

"Сейчас буду!" сказал E-Z, вызвав такси.

ГЛАВА 24
БОЛЬНИЦА

И-Зи ехал на встречу с двумя своими лучшими друзьями. В такси его разум снова и снова повторял хорошие новости. Так много всего произошло. Так много они пропустили. Столько всего он должен был им рассказать. Хотел им рассказать.

"Ты знаешь, какая палата?" - спросила медсестра.

Он ответил, что нет, и она быстро нашла ему нужную. Поблагодарив ее, он поймал лифт и направился к их палате, размышляя, стоит ли купить им что-нибудь. Цветы? Конфеты. Он решил спросить, не нужно ли им что-нибудь.

Оказавшись прямо перед их дверью, внутри он услышал их голоса и несколько мгновений подслушивал, прежде чем заявить о своем присутствии. Затем он сделал глубокий вдох, стараясь сдержать эмоции, чтобы они не захлестнули его, - он не хотел распускать нюни и смущаться...

"Заходи, большой мягкотелый!" сказал ПиДжей.

"А-а-а, он скучал по нам!" сказал Арден.

"Разве вы, ребята, не должны выглядеть лучше после такого сна красоты? Кстати, вам обоим нужно побриться!"

"Мы не хотим затмевать тебя, и я вроде как живу, чувствуя свои усы", - сказал Арден.

"Мы знаем, что ты любишь внимание! Я смотрю, твоей щетке для бутылок тоже не помешало бы подстричься!"

Мама ПиДжея, которая только что вернулась в комнату, шепнула E-Z, что они не хотят, чтобы мальчики переусердствовали, ведь они проснулись всего несколько часов назад.

Поболтав немного, E-Z обнял обоих своих друзей и сказал, что ему пора идти. "Я вернусь, - пообещал он, - и тайком съем бургер или два - я слышал, что больничная еда очень-очень плохая".

"Не вернешься!" сказала мать Ардена, тоже вернувшись в палату.

Он откинул свой стул, поставив мать Ардена лицом к себе, а две его подруги сложили руки вместе, умоляя его принести им еды.

Пробираясь по коридору, он не мог поверить, как сильно он по ним скучал - и как хорошо они выглядели. На лифте он спустился в "Скорую помощь", где нашел Саманту и Собо.

"Есть новости?" спросил E-Z.

"Она была в порядке, в ярости, они заставили ее остаться, чтобы проверить", - ответила Саманта. "Но мне станет легче, как только она получит добро и мы сможем выбраться отсюда".

"Мне тоже", - сказал E-Z. "Давай я пойду и посмотрю". Он двинулся по коридору. На ходу он прислушивался к голосам внутри занавешенной зоны, которая, по его мнению, являлась станцией предварительной подготовки. Наконец он услышал внутри голос Лии и вошел внутрь.

"Пожалуйста, подождите снаружи", - сказала медсестра.

"Но она же моя сестра".

"Я хочу домой - немедленно!" - потребовала она, затем скрестила руки на груди.

"Тебя выпишут, как только доктор разрешит. И ни секундой раньше".

"Как ты себя чувствуешь? Мама волнуется за тебя".

"Я оставлю вас двоих наедине, чтобы вы могли поболтать", - сказала медсестра. "Доктор должен прийти очень скоро. О, и проследи, чтобы она оставалась спокойной".

"Ух, спасибо", - сказал И-Зи.

Как только она ушла, они обнялись.

"Мы с малышкой Доррит чуть не сгорели на солнце!" - сказала она. Она рассказала E-Z все, как это произошло, от начала до конца.

"Интересно, что тебя спас именно Франсуа".

"Не знаю, как он узнал. Мы с малышкой Доррит думали, что нам конец. Это точно были фурии. Они хотели нас сжечь! Мы были обожжены. Они ужасные, злые ведьмы!".

"А там были змеи?" спросил E-Z.

"Змеи и кнуты".

"Звучит как "Фурии". E-Z колебался. Он сменил тему. "Ты слышала о ПиДжее и Ардене?".

Она покачала головой.

"Они проснулись!"

"Не может быть! Это странное совпадение, тебе не кажется? Они пытаются уничтожить Литтл Доррит и меня, а в это время два друга в коматозном состоянии просыпаются".

"Ты прав, думаю, это все связано".

Саманта отодвинула занавеску: "Что именно связано?". Она обняла свою дочь. "Как ты себя сейчас чувствуешь, малышка?"

"Я не малышка", - ответила Лия. "Но мне уже лучше, и я хочу домой. После того как навещу ПиДжея и Ардена".

В комнату вошла Собо. Она обняла Лию.

"Что с тобой случилось?" - спросила она.

И снова Лия все объяснила. Ее мать восприняла это не так хорошо, как Собо. И-Зи бросилась к ней и налила Сэму стакан воды. В то время как у Собо было много вопросов. "Ты грела молоко, в микроволновке?"

Лиа кивнула.

"И в этот момент тебя выкинуло из кухни?"

"Да, и прямо на спину малышки Доррит. Малышка Доррит сказала, что я ее вызвал, но это было не так".

"А что было потом?" спросил Собо.

"Ну, Малышка Доррит летела, мы болтали, и когда никто из нас не знал, куда и зачем мы летим, мы подумали о том, чтобы повернуть назад. Следующее, что мы поняли, это то, что нас с Малышкой Доррит все ближе и ближе подталкивали к солнцу, не имея сил развернуться".

"Но ты и малышка Доррит не соответствуете критериям Фурий. Они не должны иметь возможности прикоснуться ни к одной из вас!" воскликнул И-Зи.

Саманта ответила: "Может, это просто совпадение.

Собо повторила свой прежний совет: "Никогда не недооценивай врага".

Как только Лиа разрешили отправиться домой, они с E-Z удивили ПиДжея и Ардена чизбургерами и картошкой фри, которые они пронесли контрабандой.

По дороге домой в такси, с Самантой, Собо и Лией, E-Z думал об одном и только об одном. Фурии напали на Лию и Литтл Доррит и потерпели неудачу. И не только провалились -

спасибо Франсуа, - но каким-то образом вселенная отправила обратно ПиДжея и Ардена.

Совпадение? Он не думал. Вместо этого ему хотелось верить, что силы Фурий уменьшились, если они вышли за рамки своего мандата.

В любом случае он и его команда должны были быть готовы в любой момент воспользоваться ситуацией.

Это мог быть их единственный шанс.

Единственное преимущество в их пользу.

ГЛАВА 25
БАБУШКА

"**Я** должен задать еще один вопрос", - обратился Сэм к E-Z перед тем, как все пришли на собрание.

"Ладно, задавай", - ответил E-Z.

"Ну, мне интересно, почему Розали не знала о Франсуа".

"Я", - только и успел ответить E-Z, как на кухню вошли Бренди и Лия.

"Не обращай на нас внимания", - сказала Бренди, продолжая открывать холодильник, доставать апельсиновый сок и допивать его, прежде чем выбросить контейнер в мусорное ведро.

"Э-э-э, тебе стоит сначала ополоснуть его", - сказал E-Z, что Брэнди и сделала. Затем она опустилась на стул и вытерла рот тыльной стороной ладони.

"Прости, я не хотела быть грубой и резко остановиться, как я это сделала. Я хотела, чтобы мы все были здесь, чтобы обсудить проблемы дяди Сэма".

"Справедливо", - сказала Лия, заняв место рядом с Бренди.

Один за другим прибывали остальные и занимали свои места за столом.

E-Z начал с того, что рассказал всем о чудесном выздоровлении ПиДжея и Ардена, что вызвало бурные аплодисменты всех, включая тех, кто еще даже не был с ними знаком.

"Далее на повестке дня, и я думаю, что эти два пункта могут быть связаны между собой: Лию и малышку Доррит обманом заставили покинуть дом, и их жизни оказались в опасности. Если бы не Франсуа, фурии, которых мы считаем виновными, могли бы добиться успеха".

"Браво, Франсуа!" сказал Чарльз.

"Как тебя обманули?" поинтересовалась Бренди.

"Где это произошло?" спросил Лачи.

"Лиа, ты хочешь рассказать об этом?" спросил И-Зи. Она покачала головой - нет. "Вскакивай, если я что-то пропущу", - сказал он. Он продолжил и объяснил, что произошло и почему они считают, что в этом виноваты "Фурии".

"С тех пор я думал о "Фуриях" и их мандате. Как мы знаем, они должны ему следовать. Когда они пытались убить Лию и Крошку Доррит, они нарушили правила. Какую причину они могли назвать, пытаясь убить Лию или малышку Доррит? Они не только пошли против своего мандата, но и потерпели неудачу. А теперь подумай о том, что произошло точно в то же время - я имею в виду, конечно, ПиДжея и Арден - они вышли из комы. Совпадение? Думаю, нет.

"И чем больше я связываю их в своем сознании, тем больше задаюсь вопросом, не ослабевают ли "Фурии". Если я прав, то сейчас, возможно, самое подходящее время для того, чтобы расправиться с ними".

"Это возможно, - сказал Альфред, - но я помню, что еще в школьные годы читал об Эйнштейне - это может доказать обратное. Я имею в виду, что это могли быть вовсе не "Фурии". Это могло быть нарушение пространственно-временного континуума. Раз уж Франсуа смог их спасти, и никто из нас не знал, что это произошло, то такую возможность стоит изучить, тебе не кажется?"

Сэм зашагал вперед. "Учитывая все, что мы знаем о Фуриях, и то, что я помню из своих исследований об Эйнштейне - чтобы у Лии и Крошки Доррит был хоть какой-то шанс искривить пространственно-временной континуум, они должны были бы двигаться быстрее света - 186 282 мили в секунду. Если бы ты ехал так быстро, то двигался бы во времени не вперед, а назад".

"Мы двигались быстро, но не настолько", - сказала Лия.

"Расскажи нам еще раз, что произошло, Лиа. Кадр за кадром. Вплоть до того момента, когда появился Франсуа", - сказал Альфред.

Рассказ Лии начался на кухне и закончился тем, что она попала в больницу.

Подняв руки, все проголосовали, что считают виновными фурий, но никто не мог объяснить, почему Франсуа знал об этом и как его вызвали.

"Ты звал его?" спросил E-Z. "Я имею в виду, как он узнал? Это то, о чем я намерен его спросить".

"Что возвращает меня к тому, с чего мы сегодня начали", - сказал Сэм. "И мой вопрос заключается в том, почему Розали не знала о Франсуа".

"А как поживает Крошка Доррит?" поинтересовался Собо.

"Не знаю, как Франсуа, но единорог спал, когда я выскочил утром за травой".

"А, это хорошо", - сказала Лия.

"Может, у врачей есть объяснение, почему ПиДжей и Арден проснулись именно тогда, когда проснулись?" спросил Сэм.

"Это правда, может, и есть, но я не вижу, какое это имеет значение для нас. Да и не важно. Главное, что они очнулись, и мы до сих пор не знаем, были ли Фурии ответственны за них. Однако у нас есть доказательства того, что они делали с другими детьми, и так или иначе мы должны заставить их заплатить. И мы должны заставить их остановиться".

"Может, у врачей есть объяснение, почему ПиДжей и Арден очнулись именно тогда, когда очнулись?" спросил Сэм.

"Это правда, у них может быть, но я не вижу, какое это имеет значение для нас. Да и не важно.

Главное, что они очнулись, и мы до сих пор не знаем, были ли Фурии ответственны за них. Однако у нас есть доказательства того, что они делали с другими детьми, и так или иначе мы должны заставить их заплатить. И мы должны заставить их остановиться".

"Вот! Вот!" сказал Чарльз, ударив рукой по столу.

"Мы можем еще немного поговорить о Франсуа", - поинтересовалась Бренди.

"А что, если он не захочет нам ничего рассказывать, - спросил Чарльз, - пока мы не примем его в команду?"

"Чарльз высказывает обоснованную точку зрения", - сказал E-Z. "Я готов использовать это как тест с Франсуа. Если он не расскажет нам то, что знает, то, возможно, ему не суждено стать одним из нас".

"А что, если он действительно хороший лжец?" спросила Бренди. "А некоторые люди - превосходные лжецы".

Лия сказала: "Почему бы нам не сделать Zoom-звонок? Мы все сможем пообщаться с ним, посмотреть, что он из себя представляет, а потом проголосовать? Я уже готова проголосовать "за"".

"Нет", - сказал E-Z. "Я не хочу, чтобы он знал о Чарльзе, Харуто, Лачи или Бренди. Все, что он сейчас знает, - это то, что он может найти в интернете".

"И все же", - вмешался Сэм, - "Поппет смогла заскочить в наш дом".

"Да, это есть", - сказал E-Z.

"К тому же он спас нас с Литтл Доррит - так что он знает о ней".

""У меня такое чувство, что мы ходим по кругу", - сказал Альфред. "Тем временем все больше детей умирают и попадают в Ловцов душ, которые принадлежат другим, уже умершим", - сказал Альфред. "Я так надеялся, что мы продвинемся дальше, после того как я расшифровал информацию в книге".

"Подожди минутку", - сказал E-Z. "Кто-нибудь видел сегодня Хадза и Рейки?"

Никто не видел.

Телефон E-Z зажужжал. Пришло длинное текстовое сообщение от ПиДжея и Ардена:

"Не спрашивай нас, как, но мы знаем, что "Фурии" идут к тебе. И да, у нас есть план. Нам нужно знать, как только ты их увидишь. Отправь нам сообщение - и Харуто".

ответил E-Z. "What????"

"Доверься нам", - написал ПиДжей.

Оба обменялись эмодзи "большой палец вверх", после чего он объяснил ситуацию Харуто и остальным.

Зная, что "Фурии" готовы начать бой сейчас, на территории врага и без своего лидера Эриель, Пи-Джей почувствовал беспокойство. Все-таки они потеряли элемент неожиданности благодаря ПиДжею и Ардену.

Сидеть и ждать, пока они прибудут, было не самой лучшей стратегией.

Но теперь у них было преимущество. Им оставалось только сидеть и ждать - и надеяться.

ГЛАВА 26
НЕОЖИДАННЫЕ ГОСТИ

Все занимались своими делами, стараясь занять себя в ожидании. Затем, даже несмотря на кирпичные стены, сквозь них прорвалась непередаваемая вонь.

"Что это?" воскликнула Лия, зажав нос пальцами. "Я все еще чувствую этот запах!"

Бренди делала то же самое правой рукой, а левой распыляла по комнате освежитель воздуха, который вместо того, чтобы уменьшить силу вони, казалось, делал воздух гуще и усиливал ее.

"Пойдем на улицу!" сказал Лачи. "Может, там лучше?" Он распахнул дверь, хотя логика подсказывала ему, что если внутри воняет плохо, то снаружи должно быть еще хуже. Поначалу его чувства были обмануты, и он ничего не почувствовал. Может, он привык? Может, Фурии устроили зловонную бомбардировку внутри дома?

Потом он заметил Литтл Доррит и Малыша, которые кружили над ним. "Здесь наверху не лучше!" сказал Малыш.

"Неважно, как мы полетим!" добавила Крошка Доррит.

И тут его снова накрыло, вонь как пощечина, и на мгновение он потерял равновесие. Он заметил бельевую веревку и прищепки и побежал к ним. Он зажал нос одной из них, и вуаля, он ничего не чувствовал. Он помахал Маленькой Доррит и Малышу, чтобы они спустились, и когда они спустились, он прикрепил необходимые прищепки (их носы нуждались в нескольких), пока они тоже не перестали чувствовать вонючий запах.

"Спасибо", - сказали Крошка Доррит и Малыш, поднимаясь с земли. "Мы будем присматривать".

Лачи махнул им рукой, а затем заметил, что по дорожке, ведущей к забору, в саду поднялся небольшой шум. Группа существ образовала круг, словно у них было совещание. Он направился к нему, как вдруг с ветки поднялась сова и приземлилась ему на плечо.

"Э-э, привет", - сказал он, глядя в глаза совы. "Мы уже встречались раньше?" Сова кивнула, и тут он понял, кто это. Это был Собо. "Когда ты сказал, что твоя суперсила - превращение, я не думал о тебе так!"

"Харуто не знает", - сказала она. "По крайней мере, я не думаю, что он помнит меня - пока". Она полетела обратно к группе существ: "Присоединяйся к нам", - сказала она.

Лачи прошел среди них, и его по очереди представили оленю по имени Гобой, еноту по имени Чарли, лисе по имени Луиза, птице (голубой сойке) по имени Ленни и второй птице (кардиналу) по имени Перси.

"Мы пришли, чтобы помочь, - сказал олень Обо, - но мы очень боимся фурий".

"Дайте мне на них посмотреть!" воскликнул енот Чарли. "Я выцарапаю им глаза когтями".

"А я вырву им глотки!" возопил лисенок Вошь.

"Ух ты! Подожди минутку!" сказал Лачи. "Это не твоя битва. Хотя я ценю твое желание помочь, почему бы тебе сначала не дать нам попробовать?

Если нам понадобится твоя помощь, я свистну, и тогда ты сможешь войти?"

"Он прав", - сказал Собо. "Хотя он не имеет в виду меня". Она посмотрела на Лачи, чтобы убедиться, что ее предположения верны, и ответила кивком. "Мне нужно защитить своего внука и остальных".

Ленни и Перси, две другие птицы, защебетали между собой.

Собо, который до этого был спокоен, теперь принялся беспорядочно махать крыльями, повторяя: "Грядут плохие вещи! Ужасные вещи грядут! Ужасные вещи грядут!"

"Шшш, Собо", - сказал Лачи, пытаясь успокоить ее. "Мы готовы, и они не знают, что мы знаем об их приближении".

THUMP THUMP THUMP THUMP THUMP THUMPING

THUMP THUMP THUMP THUMP THUMP THUMP HUMPING

ТУП-ТУП-ТУП-ТУП-ТУП-ТУП

Это был звук, который издавала земля под их ногами, пульсирующая, как сердце, пытающееся вырваться из груди.

За стуком последовал барабанный бой.

Затем барабанный бой.

"Фурии идут!

Фурии идут!

Фурии идут!"

В то время как небо над ними кружилось

И вращалось.

И полыхало.

Из блестящего голубого оно превратилось в кроваво-оранжево-красное.

Соседи вылезли наружу, как это делают соседи, - посмотреть, что это за вонючий запах. Некоторые шумные парковщики падали в обморок от переизбытка чувств, а некоторые выносили попкорн на крыльцо, чтобы есть и смотреть.

Они понятия не имели, что за опасность надвигается на них.

И все же подсказки были.

Тревожные шепоты.

Гулкие удары.

И все же многие не стали отступать в безопасные места своих домов.

Вместо этого они ели попкорн и пили газировку, все время ожидая.

Не отступая.

В то время как сама земля под их ногами

СТУК, СТУК, СТУК

СТУК, СТУК, СТУК, СТУК

ТУП-ТУП-ТУП-ТУП-ТУП-ТУП

Затем за стуком последовал барабанный бой.

Затем барабанный бой.

"Фурии идут! Фурии идут! Фурии идут!"

$$***$$

"**Д**авайте выйдем наружу!" воскликнул E-Z. "И встретимся с ними лицом к лицу!" Он широко распахнул входную дверь, так что она ударилась о стену.

Бренди, Лия, Харуто, Чарльз и Альфред стояли позади него, готовые начать действовать в ту же минуту, как только им прикажут.

Он оглянулся через плечо, чтобы увидеть Сэма и Саманту на выходе: "Только не ты", - сказал он. "Ты нужен малышам внутри. Предоставьте это нам".

Сэм и Саманта отступили.

Теперь четверо солдат стояли бок о бок на лужайке перед домом и ждали. Для постороннего человека они могли бы выглядеть как группа детей, ожидающих прибытия школьного автобуса в обычный учебный день. Но это был не обычный день. Это был Армагеддон.

Руки Лии тряслись и дрожали, пока она искала в своем сознании, открывалась своему разуму, надеясь расшифровать, что ее сверхспособности позволят ей получить доступ к разуму Фурий. Что она сможет выложить себя и найти любую подсказку, любую информацию, чтобы помочь своей команде, - но ее разум оставался пустым.

Альфред сказал: "Я полечу на крышу. Посмотрим, что я смогу увидеть".

E-Z кивнул. "Сохраняй безопасность. О, и посмотри, сможешь ли ты найти Лачи и Собо". Он уже заметил единорога и дракона, летящих высоко над ними. Он показал им большой палец вверх.

Громкий свист, и Малыш нырнул вниз, Лачи запрыгнул ему на спину, и вместе они присоединились к Альфреду на крыше. Рядом с ними приземлилась сова.

"Это Собо", - сказал Лачи.

"Видишь что-нибудь?" поинтересовался E-Z.

Альфред замахал крыльями: "К нам приближается гигантский шельф размером с айсберг, но он быстро движется".

E-Z попытался представить себе это в уме, но не смог, потому что как, черт возьми, он и его команда собирались остановить такую штуку? Как?

"Он движется к нам, как цунами", - сказал Альфред.

"Но оно не сделано из воды", - сказал Лачи. "Это выглядело так, будто оно сделано из песка. Песчаная волна. Несущая трех женщин, одетых в черное".

Песчаная волна, да, теперь он мог это представить. "ETA? Я имею в виду расчетное время прибытия?" спросил E-Z.

"Трудно сказать", - ответил Альфред. "Минуты..."

Тем временем под их ногами земля продолжала барабанить.

И грохотать.

"Фурии идут! Фурии идут! Фурии идут!"

***

***

"Заходи в дом!" крикнул E-Z любопытным соседям. "Закройте двери, заприте их. И кто-нибудь повесьте объявление в социальных сетях. Скажи всем, чтобы оставались в помещении. Скажи, чтобы они больше не выходили на улицу, пока не получат от меня разрешение! А теперь уходите!"

SLAM.

SLAM.

Через его плечо Альфред, сова, Лачи и Малыш выглядывали наружу, наблюдая за тем, как Машутка сокращает расстояние между "Фуриями" и его командой, а Малышка Доррит бдительно следила за ними с высоты.

Было слишком поздно разрабатывать план. Слишком поздно было делать что-либо, кроме как надеяться, что они готовы, пока ветер хлестал и толкал их, а земля стучала синхронно с их сердцебиением.

КРАШ.

Позади него входная дверь сорвалась с петель. Она подпрыгнула и с грохотом покатилась по улице, пока наконец не улеглась на землю.

Сэм вышел. E-Z повернул к нему стул, не веря своим глазам.

Сэм собрал костюм, или множество костюмов, создав собственного супергеройского персонажа. На голове у него был рыцарский шлем с откинутой маской. Когда он двигался вперед, она опускалась, и ему приходилось защелкивать ее обратно на место. Он нанёс на глаза фингал - такой, какой носят бейсболисты, чтобы избавиться от бликов под глазами. Его грудь была надута, как будто он носил пуленепробиваемый жилет под рубашкой, а за ним тянулся длинный черный плащ. На нижней половине тела он носил черные джинсы и свою любимую пару кроссовок.

Команда супергероев старалась не смеяться, когда он шел рядом с ними, и они заметили, что его супергеройское имя - SAM THE MAN - было вшито в ткань на его плечах.

Малышка Доррит спрыгнула вниз и закинула Бренди на спину. Следом Лачи запрыгнул на спину Малыша и взлетел. Он взглянул на крышу. Малышки Доррит там уже не было. Альфред и сова поднялись с крыши. Все приземлились рядом с E-Z и остальными.

"Все за одного!" - сказали они. "И один за всех!"

"Но где же мой Собо?" спросил Харуто.

Собо влетела ему на плечо, и он сразу понял, что это она. Затем она трансформировалась в свою человеческую форму.

Команда детей видела, как Сэм Дядя превращается в Сэма Человека, а Собо - из совы в бабушку, но никого из них это не смущало.

Потому что под их ногами земля продолжала ДРУЖИТЬ.

И ДРОБИТЬСЯ.

Но слова изменились.

"Фурии почти здесь.

Фурии почти здесь.

Фурии почти здесь".

✳✳✳

E-Z и его команда наблюдали за тем, как надвигается гигантская песчаная волна, похожая на океанский лайнер, заходящий в гавань. Но эта штука проносилась по улицам, сминая дома, деревья и все живое на своем пути. И она не замедлялась.

У них не было достаточно времени, чтобы взлететь, к тому же они были ошеломлены огромными размерами этой штуки. Но вот оно остановилось, и фурии воцарились над ними, их голоса зазвучали от смеха, когда они впервые бросили взгляд на своих врагов.

"Они вообще настоящие?" поинтересовался Тиси. "Они похожи на миниатюрных кукол, которые только и ждут, чтобы на них наступили".

"Я вижу, у них есть дракон и единорог. И лебедь. О боже!" вскричал Али.

"Вспомни, зачем мы здесь", - сказала Мэг. "Теперь вы двое ведите себя хорошо, а я пойду вниз и побеседую с вожаком. Как там его звали?"

"И-Зед", - пронзительно закричала Тиси.

"Э-Зед", - закричал Али.

Вместе они произносили имя E-ZED, E-ZED, E-ZED".

"Они называют тебя E-Z", - сказала Брэнди, отталкиваясь ногой.

"Нет!" закричал E-Z. "Подожди моего приказа!" Но было слишком поздно, Литтл Доррит и Бренди уже были в полете, но далеко они не улетели, найдя место на крыше.

E-Z и остальная команда держались на месте.

"Чего они ждут?" спросил Сэм.

Чарльз ответил: "Они надеются, что их вонь сделает за них работу". Он улыбнулся, и все засмеялись. Все, кроме Собо, которая снова трансформировалась в совиное состояние и взлетела на крышу вместе с Бренди и Литтл Доррит.

Фурии, у которых был отличный слух, которые имели план и собирались ему следовать, не оценили, что стали объектом шуток детей супергероев, и одна за другой поднялись в воздух. По мере их приближения вонь усиливалась, а их черные мантии развевались на ветру.

"Лови!" воскликнул Лачи, бросая прищепки для одежды каждому члену команды.

Теперь уже не такие вонючие ведьмы подлетели ближе, чтобы дети внизу могли рассмотреть их более детально. Вживую они были больше, чем в жизни, в буквальном смысле слова, из-за змей, которые скользили по всем их телам. Плевки змей сопровождались звуками трескающихся кнутов - выдающаяся демонстрация психологической войны.

Именно Мэг, как и было задумано изначально, сломала лед, прокричав: "Где Эриель? Мы знаем, что он у тебя! Отдай его нам, СЕЙЧАС".

От высокого звука ее пронзительного голоса дети зажали уши, так как предметы из стекла - фонари, крыльцо, окна и даже стекло в шкафах - разлетелись на мили и мили.

Когда он убедился, что Мэг больше не говорит (ведь ее рот был закрыт), E-Z ответил: "Он там, где держат предателей. Так что теперь ты можешь уползать обратно в ту дыру, из которой вы трое выползли!" И когда он закончил говорить, его подняли с земли, за ним последовали Альфред, Собо, Литтл Доррит с Бренди Бэби с Лачи на борту.

"Это наша территория. Это наши люди - и вам здесь делать нечего. На самом деле, у вас вообще нет никаких дел здесь, на Земле. И никогда не было. Вам здесь не место", - сказал E-Z. "И мы устали от твоих манипуляций. Ты переиграл свою руку. Ты злоупотребляешь своей властью. Ты презираем. И мы заставим тебя за это ответить".

"Что такой маленький мальчик, как ты, собирается сделать с нами?" воскликнула Тиси, которая пристроилась рядом с Мэг: "Переехать нас?".

Ее пронзительный смех наполнил воздух, заставив землю под ногами остальных членов команды расколоться на части. Лия, Харуто, Чарльз и Сэм прижались друг к другу, чтобы быть в безопасности.

Мэг присоединилась к веселому обзывательству: "Может, лебедь защекочет нас до смерти? Конечно, мы можем ощипать его - и съесть на обед!".

Нелетающие члены команды прижались друг к другу еще теснее. Харуто, который мог бы выкрутиться, был слишком напуган, чтобы двигаться. Он держался подальше от открытых провалов в земле, которые грозили поглотить их.

"И ты, маленькая девочка", - обратился Алли к Лии. "Мы пытались расплавить тебя на солнце. В тот раз тебе удалось сбежать. Но что ты сделаешь с нами теперь? Будешь пялиться на нас, разводить руками и превращать в статуи?"

Фурии снова разразились хохотом, а земля под ними сжалась, словно пытаясь что-то родить.

"Теперь скучно", - сказала Мэг.

Две другие сестры были необычно тихими, словно не знали, каким должен быть их следующий шаг.

"Мэг подлетела чуть ближе к E-Z, положив руки на бедра: "Мы зря тратим здесь время! Мы пришли не для того, чтобы сражаться с тобой сегодня. Не без нашего лидера. Все, что мы хотим знать, - это где он? Отпусти его. Отпусти его - немедленно. А мы оставим битву на другой день".

"Тебе бы этого хотелось, не так ли!" крикнул Альфред.

Что привело Алли в бешенство.

"Иди ко мне, маленькая лебедушка. Котел ждет тебя - ты, пернатый уродец!".

"Он лебедь, а не гусь, идиот!" сказала Бренди, подталкивая к себе Крошку Доррит.

E-Z, довольный тем, что отвлекся, получил сообщение от ПиДжея и Ардена и подал Харуто сигнал "большой палец вверх".

Харуто закрутил себя невидимкой и побежал быстрее скорости к больнице, где встретился с ПиДжеем и Арденом, которые уже были внутри игры и ждали. Теперь каждый из них совершал убийство. Когда Харуто прибыл, они совершили еще два убийства.

Жадные до новых детских душ фурии отправили их сущности в игру.

"Мы поймали тебя!" - закричали три богини.

"Сейчас!" крикнул ПиДжей, когда Арден нажал SAVE на USB, а когда все было сохранено, нажал EJECT. Он закрыл USB малярным скотчем, а затем положил его в герметичный пакет.

"Отнеси это в E-Z!" сказал Арден.

Харуто спустился на землю, подал сигнал бабушке, которая схватила USB в клюв и отнесла его в E-Z.

ПиДжей написал сообщение. "Эссенции фурий находятся в USB".

E-Z благополучно положил USB в карман джинсов, и когда он в следующий раз посмотрел на "Фурий", вид в очках Рафаэля изменился. Тела трех сестер исчезали, а змеи - нет. Тогда он понял, в чем заключалась их "ахиллесова пята". "Змеи поддерживают их жизнь!" - закричал он. "Мы должны уничтожить змей".

Бренди была уже достаточно близко, чтобы нанести удар Алли. К сожалению, она также была достаточно близко, чтобы змея Алли укусила ее - что она и сделала. Она обмякла, и Малышка Доррит бросилась наутек, но было уже поздно - Бренди была уже мертва.

"Уберите ее отсюда!" крикнул И-Зи, и Крошка Доррит взлетела в небо, всхлипывая на ходу.

"С ней все будет в порядке", - сказал E-Z.

"Не думай так", - рассмеялась Алли. "Наши змеи не из этого мира. Если тебя укусит одна из них, то какие бы силы у тебя ни были, они не сработают.

Но мы останемся рядом и будем ждать, если ты хочешь? А когда она не вернется - мы разнесем остатки твоей команды в пух и прах!"

"Ах вы суки!" воскликнул E-Z.

Собо бросилась в бой, атакуя и вырывая змеиные глаза один за другим и бросая их на землю. Покончив с Алли, она перешла к Мэг, затем к Тизи. Когда она закончила свою задачу, бабушка была слишком измотана, чтобы сделать хоть что-то, кроме как приземлиться рядом с внуком и вернуться в человеческий облик.

"Но Собо", - сказал Харуто, - "я тоже хочу сражаться".

"Пусть они сделают все остальное", - сказала она. "Я слишком устала, чтобы нести тебя".

Собо и Харуто смотрели, как остальные члены команды приканчивают змей.

Фурии открывали и снова закрывали рты, но из них не исходило ни звука. Кроме того, что они были безголосыми и угасали, их тела пытались оставаться на плаву, пока кровь в их венах капала и капала вниз.

Инвалидное кресло E-Z двигалось под ними, улавливая капли и смешивая кровь Фурии с другими собранными образцами.

"Они мертвы", - подтвердил E-Z, когда пустые одеяния The Furies, словно черные призраки, поплыли к земле.

Но это был еще не конец.

****

озади E-Z песчаная волна подняла голову, и, увидев вокруг себя проколотые глаза - глаза всех своих детей, - эта мать всех змей медленно ожила.

Сэм, который первым заметил движение, закричал: "Берегись E-Z!", а когда его призывы не были услышаны, к ним присоединились Лиа, Чарльз, Харуто и Собо.

Лачи услышал их крики и увидел змею, которая, как она слышала, скользила по направлению к E-Z. Он посмотрел в глаза змее и сказал: "НЕТ!".

На секунду или две змея-мать перестала двигаться, и казалось, что она услышала и поняла команду Лачи, затем он заметил, что в ее глазах мелькнул огонек. "Duck E-Z!" - крикнул он, когда Малыш открыл рот и выстрелил огнем в направлении E-Z и матери-змеи.

Волосы E-Z загорелись, и он похлопал по ним, после чего его кресло упало на землю.

Малыш продолжал извергать огонь на гигантскую змею-мать, пока та не сгорела дотла. Вместо вони, которую издавали фурии, воздух наполнился запахом курицы, такой, какой можно встретить на барбекю на заднем дворе.

"Спасибо, Малыш и все остальные", - сказал E-Z, проводя пальцами по середине своих волос. Он удалил часть, похожую на щетину.

"Она отрастет", - сказал Сэм, когда земля под их ногами снова начала

ТРУБКА

И ГРОХОТАТЬ

Инвалидное кресло E-Z по собственной воле оторвалось от земли и начало сбрасывать капли крови в открывшиеся в земле кратеры.

"Что происходит?" спросил Альфред.

Под ним продолжало кровоточить инвалидное кресло, перекатывая его с места на место. "Маленькая капелька здесь и маленькая капелька там", - мысленно повторял он. На земле его команда произносила те же слова, которые крутились у него в голове: "Маленькая капелька здесь и маленькая капелька там", потом они вместе заканчивали стихотворение: "Маленькая капелька, повсюду", а затем начинали все заново. Он покачал головой... неужели они все читают его мысли?

Под их ногами земля продолжала работать.

DRUMMING

ТРУБИЛСЯ.

СЖИМАЕТСЯ.

ПРОТИВ.

Лия приподнялась над землей, широко раскинув руки, откинув голову назад и устремив взгляд в небо. И над ней разверзлось небо. Начался дождь, но когда они попадали на мостовую, пятна становились красными. Небо плакало кровавыми слезами, а Лия раскачивалась и крутилась в воздухе, как бесструнная марионетка.

Остальные, не считая Малыша и Лачи, выбежали на крыльцо, чтобы спастись от кровавого ливня, не в силах ничего сделать с Лией, которая все еще была подвешена и находилась в трансе.

"Мы проследим, чтобы она не упала, - сказал E-Z, - остальные в укрытие".

PULSING.

ТОЛЧОК.

Затем сверкнула молния.

За ней последовал гром.

Архангел Михаил прорвался сквозь барьер и полетел вниз, пока не оказался рядом с E-Z.

"Как я понимаю, ты держишь ситуацию под контролем, - сказал Михаил.

"Да, эссенции Фурий находятся в этом USB".

"Брось его мне", - сказал Майкл.

Словно бросая бейсбольный мяч на вторую базу, E-Z бросил USB в сторону Майкла, который протянул руку, поймал его и заключил в лед. "У Эриэля будет компания", - сказал Майкл. "Все они останутся во льду до конца вечности. Да, и кстати, молодцы все!" Затем так же быстро, как и появился, он улетел.

"А как же Лия?" крикнул E-Z, но Майкл не ответил.

Земля начала пульсировать и крутиться, хотя Фурии на ней больше не было, а кровь больше не текла с неба и из его инвалидного кресла.

Лия все еще парила, устремив взгляд в небо, и оно меняло свой цвет от кровавых слез до голубого, а под их ногами земляные кратеры затягивались травой, деревьями цветами.

Затем все стихло, и Лия, все еще находясь в трансе, опустилась на землю. Простершись на земле с широко раскинутыми руками, она почувствовала траву на своей спине и устало улыбнулась, так как уменьшилась в размерах и вернулась к своему истинному возрасту, который составлял девять с половиной лет.

"Ты в порядке?" спросил И-Зи, когда вокруг собрались лиса, голубая сойка, енот, кардинал и олень.

Лия открыла глаза и смогла увидеть из них. Она посмотрела на свои руки, и они были такими же, как раньше.

"Я в порядке", - сказала она, когда Лачи помог ей подняться.

Сэм сразу заметил, что одежда его дочери больше не подходит ей. Он снял свой плащ супергероя и обернул его вокруг ее плеч.

"Спасибо, пап", - сказала Лиа.

Она впервые назвала его так, и он никогда не испытывал такой гордости - по его щеке пробежала слеза.

***

Голубой цвет неба казался ярче, словно звезды моргали глазами, хотя был день, а трава на земле, казалось, танцевала в лучах солнца, словно в ней была бриллиантовая роса.

Ни E-Z, ни кто-либо из членов его команды не мог говорить. Никто не хотел нарушать тишину или нарушать красоту, свидетелями которой они были.

ШЕПОТ.

ШЕПОТ ШЕПОТА.

ШЕПОТ ШЕПОТОМ ШЕПОТОМ ШЕПОТОМ.

Листья, раздуваемые ветром. Издавая звук, похожий на человеческий. Но это был не ветер, это были голоса детей по всему миру, которые возрождались.

Те, кого похитили фурии, выталкивали свои тела из земли и обнаруживали, что к ним вернулись голоса.

Дети заново учились ходить, бегать или ползать, и их крики эхом разносились по всему миру:

"Я хочу к маме!" - кричали возрожденные, но лишенные души тела детей.

"Я хочу к папе!" - в один голос кричали эти воскресшие дети:

"ВАХ, ВАХ, ВАХ!".

"ВАХ, ВАХ, ВАХ!"

"ВАХ, ВАХ, ВАХ!".

Бездушные малыши перемещались в края, путешествуя по местам, их движения были быстрее скорости света, пока они продолжали выть:

"Я хочу к маме!"

"Я хочу к папочке!"

"ВАХ, ВАХ, ВАХ!"

"ВАХ, ВАХ, ВАХ!"

"ВАХ, ВАХ, ВАХ!".

В Долине Смерти, где хранились и хранятся Ловцы Душ,

POP

POP

Двери распахнулись, как руки, и души вышли наружу, ища тела, в которых им еще суждено быть, и они последовали за криками детей.

"Я хочу к маме!"

"Я хочу к папе!"

"ВАХ, ВАХ, ВАХ!"

"ВАХ, ВАХ, ВАХ!"

"ВАХ, ВАХ, ВАХ!".

Души перелетали от ребенка к ребенку. В поисках дома, в котором им место. Это было похоже на игру детей в пятнашки, когда каждая душа настигала и входила в тело, в котором она родилась. Когда души и тела снова становились единым целым.

ШШШШШШШШ.

На мгновение малыши снова стали счастливыми детьми, и звуки восторга наполнили воздух.

Вернувшись в Долину Смерти, Хадз и Рейки перенаправили бездомные души по всему миру, которые скрывались, так как у них не было своих ловцов душ. Одна за другой души входили внутрь, и земля начала исцелять себя.

Саманта вышла из дома, неся на руках своих малышей Джека и Джилл и тихонько напевая им: "Тише, малыш, не плачь".

POP.

POP.

Появились Хадз и Рейки: "Мы сделали это!".

E-Z и его команда бросились обнимать друг друга. Они плакали, смеялись. Потом они снова плакали - из-за потери одного из своей команды. Из-за потери одного из своих: Бренди.

Телефон Лии пиликнул. Это было сообщение от Бренди: "Я прибыла в торговый центр - снова! Надеюсь, все в порядке и мы победили этих ведьм!".

"Бренди жива!" пояснила Лия, а затем написала ответное сообщение: "Еще как победили! Я расскажу тебе подробности позже".

"АХРХРГХХХ!" Чарльз Диккенс заплакал. Его тело тряслось и дрожало. Когда это прекратилось, он был в трансе с невыразительным выражением лица и вытянутыми ладонями вверх.

"Он получает глаза от моей руки?" поинтересовалась Лия.

С неба упала книга - самый большой том в твердом переплете, который они когда-либо видели, - и приземлилась в руках Чарльза, причем сама сила удара едва не сбила его с ног. Чарльз устоял на ногах, когда массивная книга раскрылась и стала перелистывать свои страницы, пока изнутри не раздался голос:

"Я - "Путешествие по альтернативным мирам"".

Хотя голос доносился изнутри книги, губы Чарльза Диккенса синхронно двигались с каждым словом, а на заднем плане по-прежнему раздавались детские крики:

"ВАХ, ВАХ, ВАХ!".

"ВАХ, ВАХ, ВАХ!"

"ВАХ, ВАХ, ВАХ!"

"Я хочу к маме!"

"Я хочу к папе!"

"ВАХ, ВАХ, ВАХ!"

"ВАХ, ВАХ, ВАХ!"

"ВАХ, ВАХ, ВАХ!"

"Я хочу есть!"

"Я хочу пить!"

Дети, которые когда-то жили ближе всего к дому И-Зи, бок о бок маршировали к нему.

"Услышьте меня!" солировал Путешественник из Альтернативных миров.

"Это единственное предложение на один раз.

Если тебя выберут, ты должен выбрать.

Только один раз, победа или поражение.

Не упусти эту возможность.

Ведь она не повторится ни в один другой день".

Страницы листались вперед, потом назад. Вперед, потом назад. Перелистывание остановилось на главе. Главе под названием "Альфред". Там были фотографии, на которых он был изображен со своей семьей. Все постарели. Все здоровы и хорошо себя чувствуют. На фотографиях он больше не был Альфредом - лебедем-трубачом. Он был Альфредом - отцом, мужем, мужчиной.

Со слезами на глазах Альфред взглянул на E-Z. Взгляд, которым они обменялись, сказал все. Он должен был уйти. E-Z кивнул.

Затем Альфред повернулся к Лии. Она тоже кивнула, понимая, что он должен уйти.

Альфред-лебедь-трубач шагнул в главу, носящую его имя, и снова превратился в человека.

И со страниц "Путешествий по альтернативным мирам" он помахал своим друзьям.

Теперь страницы "Путешествий по альтернативным мирам" вернулись к началу книги. Страницы перетасовывались, снова и снова, вперед и назад, назад и вперед, и в конце концов остановились на новой главе. Главе, названной в честь Лачи.

На фотографии Лачи был младенцем. Родители забирали его домой из больницы. Младенец на фото носил больничный браслет, показывающий, что настоящее имя Лачи - Эндрю.

"Нет, спасибо", - сказал Лачи. "Мы с малышом скоро отправимся домой".

Книга "Путешествие по альтернативным мирам" захлопнулась с такой силой, что Чарльз чуть не упал. Он пришел в себя, и через несколько мгновений книга снова начала перелистываться. То назад, то вперед. Перемешивая страницы, как колоду карт, пока не остановился на главе под названием "Харуто". На фотографии он был со своими матерью и отцом.

"Нет, спасибо", - тут же сказал Харуто. Он взял руку Собо в свою и обратился к Лачи: "Не против завезти нас в Японию по пути домой?".

Лачи кивнул: "Рад компании".

На этот раз пламя вырвалось из книги прежде, чем она закрылась, и Чарльз чуть не выронил ее.

Безответные крики детей продолжались, становясь все громче по мере приближения к дому И-Зи:

"Я хочу к маме!"

"Я хочу к папе!"

"Я хочу есть!"

"Я хочу пить!"

"ВАХ, ВАХ, ВАХ!"

"ВАХ, ВАХ, ВАХ!"

"ВАХ, ВАХ, ВАХ!".

Чарльз закрыл глаза.

"Это всё? поинтересовался E-Z.

"А как же мы?" спросила Лия.

Руки Чарльза начали трястись. Как будто вес книги давил на его руки. Затем книга захлопнулась с такой силой, что он подался вперед и сел. Он скрестил одну ногу с другой и прижал книгу к груди.

Она снова открылась, как и глаза Чарльза, и снова страницы зашевелились, как морские травы на дне океана. Она снова захлопнулась. Затем перевернулась на спину. В центре книги появилась рамка. Сначала она была пустой, словно ожидая чего-то. Затем он замерцал, и начался фильм.

На стадионе "Доджер" уже начинался бейсбольный матч. Доджеры играли с Брюерами. И кэтчером был И-Зи Диккенс. Он стоял за тарелкой и играл как профессионал. На трибунах стояли его родители, прямо над землянкой, и болели за него.

ЗЕМЛЯНАЯ ПАУЗА.

На несколько секунд солнечный свет был заслонен, когда в небо ворвалась Офаниэль и направилась к ним.

"И-Зи, я просто хотела сказать тебе, прежде чем ты примешь решение, что все, что ты решишь сделать или не сделать, будет иметь последствия для других".

"Какие?" - спросил он, не отрывая взгляда от обрамленной версии себя и своих родителей, хотя они больше не двигались в ней.

"Подумай о несчастном случае... Что бы не случилось в мире, если бы твои родители никогда не погибли? Если бы ты не потерял возможность пользоваться своими ногами?"

Он посмотрел в сторону своего дяди Сэма, затем на Саманту, Лию и близнецов. Без несчастного случая никто из них не встретился бы. Близнецы никогда бы не родились.

"Если я решу поехать и осуществить свою мечту, что будет здесь?"

"Это риск, на который тебе придется пойти, и ответ, который я не могу тебе дать. Но я знаю одно: ты - катализатор и клей".

"Хорошо, спасибо, что дал мне знать".

ВОЗОБНОВЛЕНИЕ РАБОТЫ НА ЗЕМЛЕ

Офаниэль отошел.

"Нет, спасибо", - сказал E-Z.

Он смотрел, как он и его родители исчезают. Экран стал пустым. Рамка исчезла, и книга начала подниматься. Вверх, вверх, вверх, из рук Чарльза.

Чарльз стоял так, будто все еще держал ее в руках. Уставившись вперед в пустоту.

Когда книга оказалась далеко над ними, она вспыхнула. Она шипела и издавала зловоние, пока ее остатки не стали достаточно малы, чтобы быть поднятыми ветром. И "Путешествия по альтернативным мирам" больше не было.

Чарльз вернулся к себе, когда дети массово появились на улице И-Зи.

"Я хочу к маме!"

"Я хочу к папе!"

"Я хочу есть!"

"Я хочу пить!"

"ВАХ, ВАХ, ВАХ!"

"ВАХ, ВАХ, ВАХ!"

"ВАХ, ВАХ, ВАХ!"

"Можно я расскажу им сказку?" спросил Чарльз.

"Это не повредит", - ответила Лия.

Чарльз начал пересказывать сказку о "Трех валунах". Дети перестали двигаться, прекратили свои крики, так как висели на каждом его слове - пока он резко не остановился.

"О, черт!" - воскликнул он, заметив, что каждая частичка его тела исчезает, словно земля с трудом передает его сигнал.

"Подожди!" сказал E-Z. "Есть ли у тебя какой-нибудь совет для коллеги-писателя?"

"Есть книги, в которых задники и обложки являются лучшими частями - не позволяй своей быть одной из таких. Я буду скучать по всем вам!"

Некоторые говорят, что именно в этот момент спустился луч света, поднял его с земли и унес Чарльза Диккенса в небо. Кто-то говорит, что он ускакал на Литтл Доррит, и больше их никто и никогда не видел. Все, что они знали наверняка, - это то, что Чарльз Диккенс покинул их в тот день и больше его не видели.

"ВАХ, ВАХ, ВАХ!"

"ВАХ, ВАХ, ВАХ!"

"ВАХ, ВАХ, ВАХ!"

FIZZLE POP

Прибыл ловец душ. Он распахнул свою дверь и выстрелил в воздух петардами.

Некоторые малыши испугались шума, а некоторым он понравился, но во всех случаях они перестали плакать.

Когда он выстрелил в воздух красками, они растаяли вместе и произнесли следующее:

ВЫХОДИ ВЫХОДИ

ГДЕ БЫ ТЫ НИ БЫЛ!

"Чего оно хочет?" спросил И-Зи. "Или лучше сказать, КОГО оно хочет?".

"Это я?" спросил Собо.

"Нет, это мне", - раздался голос позади них. Это был голос Розали.

Все повернулись в сторону чего-то, ожидая увидеть призрака или духа, но то, что они увидели, не было ни тем, ни другим. Это была сущность Розали... это все, что они знали.

"Прощай, дорогая Розали!" воскликнул Собо.

Это были отличные проводы сущности дорогой Розали: E-Z и его команда кричали, махали руками, целовались и болели за нее. Это было настоящее празднование всего, что она для них значила, когда их дорогие друзья вошли в ее Ловец душ, и он улетел.

Теперь, когда Чарльза не было, дети возобновили свои крики,

"ВАХ, ВАХ, ВАХ!"

"ВАХ, ВАХ, ВАХ!"

"ВАХ, ВАХ, ВАХ!".

На заднем плане раздался новый звук. Звук ног, многих ног, бегущих - быстро.

Вливаясь в улицу E-Z, мамы, папы и дети воссоединялись со своими любимыми, и это воссоединение происходило по всей земле.

"Браво!" сказал E-Z своей команде.

Они помахали на прощание, когда Лачи, Малыш, Харуто и Собо улетели.

Теперь остались только E-Z и Лия.

ЗАП!

Прилетела первая маковка.

БОНЖУР!

За ним последовал Франсуа.

"Ах, мы опоздали", - сказал он. "Мы всё пропустили!"

Изнутри дома послышались крики Саманты. "О нет, с малышами что-то происходит!"

Все побежали внутрь, в детскую для малышей. Джек и Джилл крепко спали.

Сэм обнял свою жену. "По-моему, они в порядке", - прошептал он.

"Но они не в порядке!" сказала Саманта.

"Все будет хорошо", - сказал Сэм.

"Для меня они тоже выглядят нормально", - сказал E-Z.

"Ты просто подожди", - сказала Саманта. "Просто подожди, и ты увидишь. Я бы не закричала, если бы только...", - она задергалась и зашаталась, словно могла упасть.

Все смотрели и ждали. Ничего не происходило в течение десяти, пятнадцати, двадцати и даже тридцати минут.

А потом вдруг что-то произошло.

Из крошечных тел Джека и Джилл исходили желтый и зеленый свет.

"Хадз? Рейки?" воскликнул И-Зи.

РОР.

ПОП.

Джек и Джилл сели, как это могли бы делать дети постарше. Чего Джек и Джилл пока делать не умели.

Саманта упала в обморок, а Сэм подхватил ее.

"Какого черта вы двое делаете?" потребовал E-Z. "Убирайтесь оттуда - немедленно!"

Хадз сказал: "В награду мы попросили стать людьми".

"Рейки ответил: "И нам нужны были тела".

"О, брат", - сказал E-Z, когда раздался стук во входную дверь.

"Есть кто дома?" поинтересовались ПиДжей и Арден.

ЭПИЛОГ

E-Z напечатал слова: THE END. Удовлетворенный своим достижением - завершением серии из четырех книг, он закрыл ноутбук.

"Поторопись, E-Z!" - крикнул человек позади него.

E-Z стянул с себя маску ловца и осмотрелся. Он стоял за тарелкой и ловил мяч для команды Los Angeles Dodgers. Судья отмахивался от тарелки. Он встал и направился в блиндаж, так как был последним игроком, покинувшим поле.

Он узнал нескольких игроков, когда двигался вдоль блиндажа, следуя вплотную за ними.

Он провел пальцами по своим волосам, которые были полностью светлыми. Они были короче и подстрижены так, как никогда раньше. И он был выше, определенно больше 6 футов 5 дюймов.

Что, черт возьми, происходило? Он что, спал? Он ущипнул себя. Было больно.

"Ты на палубе, E-Z!" - крикнул тренер по битам.

Он нашел монитор и посмотрел на свое отражение. Он смотрел на себя, как на незнакомца.

"Земля - E-Z", - сказал его тренер.

"Извините, тренер", - сказал E-Z, направляясь к ангару для инвентаря в блиндаже. Его бита была промаркирована, как и все остальное снаряжение. Он надел ее и вышел в круг на палубу.

Он поправил свои локтевые щитки, а затем приготовился к первой подаче. Вместе со своим товарищем по команде у тарелки он сделал пару тренировочных взмахов. Пока он ждал, его внимание привлекло движение на трибунах за блиндажом. Его мать и отец.

"Go, get'em son!" - крикнул его отец.

Он показал родителям большой палец вверх, а затем посмотрел, как его товарищ по команде сделал сингл и благополучно добрался до первой базы.

E-Z зашел на бэттерскую площадку, объявил время, снова вышел и сделал несколько глубоких вдохов.

Возьми себя в руки, сказал он себе. Я не хочу подвести команду. Сосредоточься. Сконцентрируйся.

Он поднял руку, давая понять судье, что готов, а затем вернулся к тарелке.

"Давай, E-Z!" - позвала его мама.

Он сосредоточился и смотрел, как пролетает первая подача. Наверное, со скоростью более ста миль в час. Он приготовился ко второй подаче. Замахнулся и промахнулся. Его товарищ по команде украл базу и благополучно приземлился на второй.

Это уже слишком. Я не готов. Я должен проснуться. Я должен проснуться - СЕЙЧАС.

Вторая подача пролетела мимо. Он замахнулся, но не попал. Последовала третья подача, и он с ней справился. Он наблюдал за тем, как его товарищ по команде пытался добежать до третьей, но его отбросили. Он почти вовремя добрался до первой, но другая команда заработала дабл-плей. С двумя аутами он вернулся в землянку, чтобы надеть свое снаряжение для ловли.

"Ты поймаешь их в следующий раз!" - сказал его отец.

Даже если он не попал на базу, он был в своей мечте. Жил своей мечтой. Но как? Он отказался от предложения "Путешествия по альтернативным мирам".

Вытащите меня отсюда! Я не хочу так! Где дядя Сэм? Где Лия? Где близнецы?

Его голова наполнилась смехом, когда он упал на землю и продолжал падать. Пока не приземлился с грохотом на деревянный пол, в хижину или лачугу. Через несколько секунд после его приземления она вспыхнула.

Через всю комнату сидела маленькая девочка. Сначала он подумал, что это Лия, но у этой девочки были рыжие волосы. Он попытался разбудить ее, но она не сдвинулась с места.

Позади него входная дверь слетела с петель. Вошла темная фигура в темной пелене и более короткая фигура в капюшоне. Вдвоем они вынесли девушку на улицу.

"Помогите мне!" - кричал он.

"Помоги себе сам!" - произнес женский голос, более высокой из двух фигур, когда вокруг него начали рушиться стены.

Он снова оказался на стадионе, лежал на спине на земле и смотрел в глаза своим родителям.

"С тобой все будет хорошо", - ворковали они.

Благодарности

Ну что ж, мы добрались до конца серии E-Z Dickens. Я очень надеюсь, что тебе понравилось читать ее так же, как мне понравилось ее писать.

Поскольку ты был со мной на протяжении всей этой серии, мое последнее СПАСИБО - тебе, мой читатель. Ты просто супер!

Как всегда, счастливого чтения!

Cathy

Об авторе

Cathy McGough живет и пишет в Онтарио, Канада, со своим мужем, сыном, двумя кошками и собакой.

Если ты хочешь написать ей по электронной почте, то адрес такой:

cathy@cathymcgough.com.

Ей будет приятно услышать тебя!

Также по:

Детские книги

Interviews With Legendary Writers From Beyond (2ND PLACE BEST LITERARY 2016 METAMORPH UBLISHING) ИНТЕРВЬЮ С ЛЕГЕНДАРНЫМИ ПИСАТЕЛЯМИ С НЕБЕС

103 Fundraising Ideas For Parent Volunteers With Schools and Teams (3RD PLACE BEST REFERENCE 2016 METAMORPH PUBLISHING) 103 ИДЕИ ДЛЯ СБОРА СРЕДСТВFOR ДЛЯ РОДИТЕЛЕЙ-ВОЛОНТЁРОВ С ШКОЛАМИ И КОМАНДЫ